U0506648

中国古代文史经典读本

辛弃疾词 选评

施议对 撰

上海古籍出版社

图书在版编目（CIP）数据

　　辛弃疾词选评／施议对撰 .—上海：上海古籍出
版社，2018.6 （2024.7.重印）
　（中国古代文史经典读本）
ISBN 978 -7 -5325 -8829 -9

　　I.①辛… Ⅱ.①施… Ⅲ.①辛弃疾（1140 -1207）
—宋词—诗词研究　Ⅳ.①I207.23

中国版本图书馆 CIP 数据核字（2018）第 095327 号

中国古代文史经典读本

辛弃疾词选评

施议对　撰

上海古籍出版社出版发行

（上海市闵行区号景路159弄1-5号A座5F　邮政编码 201101）

　（1）网址：www.guji.com.cn

　（2）E-mail：guji1@guji.com.cn

　（3）易文网网址：www.ewen.co

常熟市人民印刷有限公司印刷

开本 787×1092　1/32　印张 7.875　插页 2　字数 105,000
2018 年 6 月第 1 版 2024 年 7 月第 5 次印刷
印数：8,201—9,300

ISBN 978 -7 -5325 -8829 -9

I·3271　定价：26.00 元

如有质量问题,请与承印公司联系

出 版 说 明

上海古籍出版社成立六十多年来形成了出版普及读物的优良传统。二十世纪，本社及其前身中华书局上海编辑所策划、历时三十余年陆续出版的《中国古典文学作品选读》与《中国古典文学基本知识》两套丛书各八十种，在当时曾影响深远。不少品种印数达数十万甚至逾百万。不仅今天五六十岁的古典文学研究者回忆起他们的初学历程，会深情地称之为"温馨的乳汁"；而且更多的其他行业的人们在涵养气度上，也得其熏陶。然而，人文科学的知识在发展更新，而一个时代又有一个时代的符号系统与表达、接受习惯，因此二十一世纪初，我社又为读者奉献了一套"新世纪文史哲经典读本"，是为先前两套丛书在新世纪的继承与更新。

"新世纪文史哲经典读本"凝结了普及读物出版多方面的经验：名家撰作、深入浅出、知识性与可读性并重固然是其基本特点；而文化传统与现代特色的结合，更是她新的关注点。吸纳学界半个世纪以来新的研究成果，从中获得适应新时代读者欣赏习惯的浅切化与社会化的表达；反俗为雅，于易读易懂之中透现出一种高雅的情韵，是其标格所在。

"新世纪文史哲经典读本"在结构形式上又集前述两套丛书之长，或将作者与作品（或原著介绍与选篇解析）乳水交融地结合为一体，或按现在的知识框架与阅读习惯进行章节分类，也有的循原书结构撷取相应内容并作诠解，从而使全局与局部相映相辉，高屋建瓴与积沙成塔相互统一。

"新世纪文史哲经典读本"更是前述两套丛书的拓展与简约。其范围涵盖文学经典、历史经典与哲学经典，希望用最省净的篇幅，抉示中华文化的本质精神。

该套丛书问世以来，已在读者中享有良好的口碑。为了延伸其影响，本社于 2011 年特在其中选取十五种，

请相关作者作了修订或增补,重新排版装帧,名之为
"中国古代文史经典读本",以飨读者。出版之后,广受
读者的好评,并于2015年被评为"首届向全国推荐中华
优秀传统文化普及图书"。受此鼓舞,本社续从其中选
取若干种予以改版推出,并得到国家有关部门的支持,
多种获得2016年普及类古籍整理图书专项资助。希望
改版后的这套书能继续为广大读者喜欢,为弘扬中华优
秀传统文化作出贡献。

上海古籍出版社

2017年6月

目　　录

目 录

导　言

　　辛弃疾其人其词，二十世纪都被推向至尊地位。这除了辛氏自身特殊成就外，恐怕与"剪不断，理还乱"的民族意识颇有些牵连。因为两个命题——爱国词人与爱国词，几乎已成为另类禁区，任何人都未敢说一个"不"字，而且爱国与豪放二者之间，一经画上等号，也就更加什么都不需要说了。两顶桂冠——爱国词人与豪放派领袖，皆二十世纪所创制。给辛弃疾戴上，究竟合适与不合适，这一问题目前也许还无法说清，但与之相关，所出现某些具体问题，诸如只看表层，不看深层，或者只看一面，不看两面等等，我以为还是应当检讨的。

　　这本小册子，专说辛词。无意于"不"字上做文章，有些问题，有待历史学家解决。为此，即将辛氏经历以

及歌词创作,依据先后次序划分为四个阶段:

　　一、南归后第一个十年;

　　二、南归后第二个十年;

　　三、置散投闲的两个十年;

　　四、起废进用的最后五年。

　　并且准备论说两个问题,以表达观感:

　　第一,安乐大计与安乐窝;

　　第二,稼轩佳处与稼轩体。

　　四个阶段,以作品为例证,剖析体制,剖露心迹,展示其人其词之面目及本色。两个问题,在这一基础之上,进一步将论题展开。

　　第一个问题:安乐大计与安乐窝。这是依据敌我双方情势所提出的论题。辛氏当时,宋金对峙,已成定局。敌占中原,"东薄于海,西控于夏,南抵于淮,北极于蒙";我居大江之南。各有天下之半。但是,谁也吃不掉谁,只是于和与战各采取不同策略罢了。辛氏《美芹十论》,对此情势曾有精确的分析与论列。

　　对于辛弃疾来说,无论为着"纾君父所不共戴天之愤"，或者"为祖宗，为社稷，为生民"，目标明确，其所依附亦十分明确，那就是朝廷。南归之前，聚众起义，乃中原之民叛虏队伍中之一支；但即时"纳款于朝"，成为一名愚忠之臣。南归之后，十年乃至十年之后，仍积极进取。而进取，就须做官。正如吴世昌所说：功名热度高到万分。"醉中醒后，直嚷着要做官"。"不但自己想做官，他也希望他的朋友亲戚都做大官"。同时，吴氏并指出：这是一种真性情的自然流露。"虽然是这样到处嚷着要做官，然而我们并不觉得他卑鄙"。因为"稼轩他真想做官，血管里翻腾着的每一个白血球都想吞噬金兵，浑身每一个细胞都有奔出来的力量要和金人拼个你死我活"（《辛弃疾传记》）。这就是其内心奥秘，可谓真能知稼轩者也。

　　而对于朝廷来说，辛弃疾只不过是一名归正军官而已。奉表南来，劳师建康，召见，嘉纳之，并特补右承务郎，应已是十分礼遇。据辛氏之见，当时之论天下者皆曰："南北有定势，吴楚之脆弱不足以争衡于中原。"但辛氏则以为："古今有常理，夷狄之腥秽不可以久安于华夏。"最高统治者既"一于持重以为成谋",于对峙双方采取"从而应之"策略(参见《美芹十论》),对辛氏之"壮岁英概"又曾"一见三叹息"(洪迈《稼轩记》)。这说明,在某种情况下,亦并非不思进取。只是有个大前提,那就是必须首先保得住眼前的半壁江山。

因此,在此特定环境,所谓恢复大计,亦即变成为安乐大计。稼轩仕宦二十年,由小官吏而方面大员,入登九卿,出节使,率幕府,举足轻重。但其文才武略,却只能于营造安乐窝时派上用场。哪里需要哪里去。无论为公,或者为私,亦无论为功名,或者为富贵,作为一名愚忠之臣,都甚是尽力尽心。

为公方面,包括"征薄赋,招流散,教民兵,议屯田"(《宋史》本传);"节制诸军,讨捕茶寇"(《宋史·孝宗本纪》)以及"兴学校以柔人心"(参见《宋会要》"选举"一七之三及《止斋文集》十九《桂阳军乞画一状》)、创飞虎以防盗贼(《宋史》本传)等,此外,并曾于滁州创建奠枕楼、繁雄馆,以与民同乐(同上),可见都有那么一套。这是大安乐窝。而为私方面,营造小安乐窝,一样非常用心机。例如带湖居第，从选址、绘图，动土、兴造，上梁、落成，一直到请人撰文为记，整个过程，都曾精心策划。这些是南归后第二个十年所做的事。为公方面，堂堂正正，理由十分充分。

为私方面，亦有其依据。所撰《新居上梁文》，可为参考。文曰：

> 百万买宅，千万买邻，人生孰若安居之乐？一年种谷，十年种木，君子常有静退之心。久矣倦游，兹焉卜筑。稼轩居士，生长西北，仕宦东南，顷列郎星，继联卿月，两分帅阃，三驾使轺。不特风霜之手欲龟，亦恐名利之发将鹤。欲得置锥之地，遂营环堵之宫。虽在城邑阛阓之中，独出车马嚣尘之外。青山屋上，古木千章；白水田头，新荷十顷。亦将东阡西陌，混渔樵以交欢；稚子佳人，共团栾而一笑。梦寐少年之鞍马，沉酣古人之诗书。虽云富贵逼人，自觉林泉邀我。望物外逍遥之趣，吾亦爱吾庐；语人间奔竞之流，卿自用卿法。始扶修栋，庸庆抛梁：

抛梁东，坐看朝暾万丈红。直使便为江海客，也应忧国愿年半。

抛梁西，万里江湖路欲迷。家本秦人真将种，不妨卖剑买锄犁。

抛梁南，小山排闼送晴岚。绕林乌鹊栖枝稳，一枕薰风睡正酣。

抛梁北，京路尘昏断消息。人生直合在长沙，欲击单于老无力！

抛梁上，虎豹九关名莫向。且须天女散天花，时至维摩小方丈。

抛梁下，鸡酒何时入邻舍。只今居士有新茶，要辑轩窗看多嫁。

伏愿上梁之后，早收尘迹，自乐余年。鬼神呵禁不祥，伏腊倍承日给。座多佳客，日悦芳尊。

远离奔竞，逃入林泉，亦逃亡之法。当然，其中还有某些具体理由。诸如京路尘暗、虎豹当关、倦游久矣、欲击无力等等。总之，乃进中之退。这是另一个为私方面。两个方面，为公，为私，为功名，为富贵，合在一起，这就是辛稼轩。

然而，两个十年过去，由大安乐窝到小安乐窝。在大安乐窝不安乐，到了小安乐窝，又将如何？由于辛氏所考虑的，还是进与退这一关节问题，因此，二十年间，百万、千万一样买不到"安乐"二字。这也正是辛稼轩。

二十三岁南归，六十八岁去世。为官二十年，退隐二十年。直到最后五年，"深自觉昨非今是"，并且羡慕安乐窝中的泰和汤。对于富贵、功名，不知是否真正参透？人生天地间，苍茫独立者，往往显得十分渺小。"何处是归程，长亭更短亭"，相信辛稼轩最终能够明白自己的位置。这也正是辛弃疾研究所应思考的问题。

第二个问题：稼轩佳处与稼轩体。这是就后世尤其是今日对辛词的理解所提出的论题。以为须由体制入手，方才能够探知其佳处。拙文《论稼轩体》所探讨的着重于作品自身。这里所说，除作品外，并及评论。

九百年来，说辛者众。择其要者，大致以下三个方面：

（一）性情与品格，或者体质与骨骼。主要是内容，看其由何种原料合成。这是辛词成就的根本所在。如曰：

> 辛稼轩当弱宋末造，负管、乐之才，不能尽展其用。一腔忠愤，无处发泄。观其与陈同父抵掌谈论，是何等人物，故其悲歌慷慨、抑郁之气，一寄之于词。（周在浚《借荆堂词话》，《词苑丛谈》卷四引）

> 稼轩晚来卜筑奇狮，专工长短句，累五百首有奇。但词家争斗秾纤，而稼轩率多抚时感事之作，磊落英多，绝不作娘子态。宋人以东坡为词诗，稼轩为词论，善评也。（毛晋《稼轩词跋》）

> 辛、刘并称，实则辛高于刘。辛以真性情发清雄之思，足以唤起四座，别开境界，虽疏犷不掩其乱头粗服之美。学者徒作壮语以为雄，而不能得一清字，则仅袭其犷，似刘而不似辛矣。大抵清主于性灵，雄主于笔力。无其清者，不必偏学其雄也。（赵尊岳《填词丛话》卷二）

（二）形貌与神理，或者皮毛与肌理。主要是形式，看其如何构建，包括外形式与内形式。这是辛词存在的具体体现。如曰：

> 公一世之豪，以气节自负，以功业自许，方将敛藏其用以事清旷，果何意于歌词哉？直陶写之具耳。故其词之为体，如张乐洞庭之野，无首无尾，不主故常；又如春云浮空，卷舒起灭，随所变态，无非可观。（范开《稼轩词序》）

> 世称词之豪迈者，动曰苏、辛。不知稼轩词自有两派，当分别观之。如《金缕曲》之"听我三章约"、"甚矣吾衰矣"二首及《沁园春》、《水调歌头》诸作，诚不免一意迅驰，专用骄兵。若《祝英台近》之"是他春带愁来，春归何处，却不解带将愁去"；《摸鱼儿》发端之"更能消几番风雨，匆匆春又归去"，结语之"休去倚危栏，斜阳正在，烟柳断肠处"；《百字令》之"旧恨春江流不尽，新恨云山千叠"；《水龙吟》之"楚天千里清秋，水随天去秋无际。遥岑远目，献愁供恨，玉簪螺髻"；《满江红》之

"怕流莺乳燕,得知消息";《汉宫春》之"年时燕子,料今宵梦到西园",皆独茧初抽,柔毛欲腐。平欺秦、柳,下轹张、王。宗之者固仅袭皮毛,诋之者未分肌理也。（邓廷祯《双砚斋词话》）

学稼轩,要于豪迈中见精致。近人学稼轩,只学得莽字、粗字,无怪阑入打油恶道。试取辛词读之,岂一味叫嚣者所能望其项踵。（谢章铤《赌棋山庄词话》卷一）

稼轩极有性情人。学稼轩者,胸中须先具一段真气、奇气,否则虽纸上奔腾,其中俄空焉,亦萧萧索索,如牖下风耳。（同上）

（三）有意与无意,或者渐悟与顿悟。主要是方法,看其如何进行创作。这是辛词创造的过程。如曰:

器大者声必闳,志高者意必远。知夫声与意之本原,则知歌词之所自出。是盖不容有意于作为,而其越著见于声音言意之表者,则亦随其所蓄之深浅,有不能不尔者存焉耳。世言稼轩居士辛公之词似东坡，非有意于学坡也。自其发于所蓄者言之，则不能不坡若也。坡公尝自言与其弟子由文□多而未尝敢有作文之意，且以为得之谈笑之间而非勉强之所为。公之于词亦然。苟不得之于嬉笑，则得之于行乐；不得之于行乐，则得之于醉墨淋漓之际。挥毫未竟而客争藏去。或闲中书石，兴来写地，亦或微吟而不录，漫录而焚稿，以故多散逸。是亦未尝有作之之意。其于坡也，是以似之。（范开《稼轩词序》）

观其才气俊迈，虽似乎奋笔而成，然岳珂《桯史》记弃疾自诵《贺新凉》、《永遇乐》二词，使座客指摘其失。珂谓《贺新凉》词首尾二腔，语句相似，《永遇乐》词用事太多。弃疾乃自改其语，日数十易，累月犹未竟。其刻意如此云云，则未始不由苦思得矣。（纪昀《四库全书总目提要·稼轩词》）

积数百年经验，前人评论，已是十分周至。三个方面，未能概括全部，而就今日说辛而论，与之相比，似乎并无太大超越。我所说体制，基本上亦在形貌与神理所包括范围之内。三个方面，相对而言，应以第二个方面最能体现稼轩佳处。当然，其余两个方面，对于认识佳处，亦颇有助益。辛氏生活道路以及创作经历，皆甚为曲折。其形貌与神理，于发展、变化过程不断发展、变化，似不易把握。但我以为，只要细心阅读，用心领悟，并善用前人经验，还是能够探知其佳处的。

大致说来，辛弃疾于南归后的第一个十年以及第二个十年，两个十年内想着功名，当然也包括富贵，其才力主要用于营造大安乐窝与小安乐窝，歌词创作既不专注，也不怎么出色。尤其前十年，所作《水调歌头》（千里渥洼种）、《满江红》（鹏翼垂空）、《念奴娇》（我来吊古）、《千秋岁》（塞垣秋草）诸篇什，除了体现其壮声英概以外，可能与人事有关。因为所歌咏对象——赵介庵（德庄）及史致道（正志），一为宣祖皇帝之八世孙，一为建康府统帅，二者对其仕途发展都非常要紧。所谓英雄语，只是一般豪言壮语，并非稼轩所独有，仍未清楚其面目。后十年，情况变化，思维方式变化，其面目才逐渐呈现出来。例如：前十年说进取，进就是进，不留余地；后十年说进取，进之外，还可以退，可于退中求进。因此，于后十年，无论英雄语，或者妩媚语，都非同一般。若干篇什，能够于千回万转后倒折出来，则更加动人心魄。经过两个十年，溯洄从之，溯游从之，佳处渐显，本色渐露，但这仅仅是稼轩体形成的准备过程，辛稼轩之真正成为辛稼轩，还得等待此后另外两个十年。

南归后，两个十年过去，辛弃疾被迫置闲投散，在小安乐窝度过另外两个十年。这是两个很不安乐的十年，一切都处在极端矛盾当中。如果说，在生活道路上经过进与退的磨炼，其思维方式越来越多变化，变得更加复杂多样，那么，作为陶写之具，其所作歌词由于展示变化，也就更加富有姿彩。例如：前此之二十年，有正有反，有反有正，一切仍以常规为主；后此之二十年，亦正亦反，亦反亦正，甚至于无正无反，完全不顾常规。这就是辛稼轩之所以成为辛稼轩的一种形式体现。

所谓形式体现，说得具体一点，就是一种排列与组合，互相矛盾之两个对立面的排列与组合。例如：刚与柔，动与静，大与小，严肃与滑稽等等。就辛词创作经历看，前后两个二十年，排列组合的不同之处，还是比较明显的。这就是说，前此二十年，因所遇见问题似乎并不太复杂，笼统地说，无非金印之大与小问题，其有关排列与组合，大都依此推进。例如《木兰花慢》（汉中开汉业），以张良佐汉故事勉励同僚。由古说到今，由别人说到自己，说到自己之"不堪带减腰围"，说穿了，就是一种怨恨，怨恨自己官做得不够大，未能如张良般"一编书是帝王师"。其大与小之对比，相当明确。至此后之二十年，金印丧失，衣冠挂起，思想问题增多。不仅现世之功名富贵，而且还有过去与未来。大量篇什依据胸中所牢笼，排列组合都很不一般。与前此二十年相比，除了对立面组别之多与少以外，组合结果，奇险与非奇险，也是一个重要差别。例如《沁园春》（老子平生），针对邸报谓其"以病挂冠"一事，发了一大通议论。举凡进退亲冤以及去就爱憎等等，一一罗列，几乎将人世间所有互相矛盾的对立面，都搬将出来。并且依据一般、特殊之不同情况，加以组合，令人应接不暇。其所表达观感或者牢骚，就并不那么单一。而《破阵子》（醉里挑灯看剑）

"为陈同甫赋壮词以寄之"，先是有关壮事的罗列，诸如连营吹角、沙场点兵乃至拓弓飞马的征战场面，都极其壮观，并且以君王之事与生前身后之名声对举，将诸般壮事推至至善至美的境界。但是，最后一句——"可怜白发生"，却将一切推翻。由壮之极，一变而成为悲之极。这就是一种奇险的组合。当然，这一切都在发展、变化的过程当中进行，而非静止不变，这就是稼轩佳处。

拙文论稼轩体，谓之乃多组包含着两个互相矛盾的对立面所构成的一个奇险的统一体（《词体结构论简说》），代表我对于辛词的总观感，因将其看作探寻奥秘的门径，希望能引起世人的注意。

辛弃疾其人其词，两个问题已如上述，但只是粗略轮廓。以下四个阶段，将进一步加以论列。所选歌词作品六十有余，目的在于提示例证。辛词世界，莫测高深。见仁见智，见智见仁，未当自以为是，一切以作品为准。不妥之处，敬请读者教正。

辛巳秋分于濠上之赤豹书屋

一、南归后的第一个十年（1162—1171）

辛弃疾（1140—1207），始字坦夫，后易幼安，别号稼轩居士，历城（今山东济南）人。

他出身于世代仕宦之家。始祖维叶，大理评事，由陇西狄道迁济南。高祖师古，官至儒林郎。曾祖寂，曾任宾州司户参军。祖赞，朝散大夫，陇西郡开国男，亳州谯县令，知开封府，赠散请大夫。父文郁，赠中散大夫。

辛弃疾出生前十三年，宋室遭逢靖康之乱，中原被金人占领。其祖赞，以族众拙于脱身，遂仕于金，非其志也。幼年随祖父于谯县任所读书，并曾受业于亳州刘瞻。瞻能诗，在金任史馆编修。门生众多，其中最优秀者有辛弃疾及党怀英。两人才华相当，并称"辛党"。

年十四,领乡荐。为纾君父不共戴天之愤,两度随计吏抵燕山,谛观形势,希望寻找机会,投衅而起。

宋高宗绍兴三十一年(1161)夏秋间,金主完颜亮大举南寇,北方各族人民抗金武装屯聚蜂起。大名王友直,海州魏胜,胶州开赵,济南耿京,纷纷聚众起义。辛弃疾在济南南部山区鸠众二千,隶属耿京,为掌书记,与图恢复。

绍兴三十二年(1162)正月,受耿京命,奉表归宋。高宗劳师建康,获召见。授右儒林郎,改右承务郎、天平节度掌书记,并以节使印告召京。闰二月,于北返途中获悉义军首领耿京为叛徒张安国、邵进所杀,无以复命,乃至海州,赤手领五十骑,径趋金营,袭入五万众中,将张安国劫出,并号召耿京旧部反正。随后,长驱渡淮,押解张安国至建康斩首。壮声英慨,懦士为之兴起,最高统治者亦大为惊异。改差江阴签判。年二十三,即开始了南归生涯的第一个十年。

十年间,由江阴签判改广德军通判,由广德而通判建康,并由建康迁司农寺主簿。东遣西调,职位皆甚低微。而对于恢复事业，仍然充满信心和希望。宋孝宗乾道元年（1165），以广德军通判，奏进《美芹十论》（即御戎十论），提出自治强国的一系列具体规划和措施。乾道六年（1170），作《九议》上宰相虞允文，进一步阐发《十论》思想。《十论》与《九议》，充分显示出辛弃疾经纶济世的非凡才干。

南归之初十年，活动范围仍有一定局限，主要在江苏、浙江两地。因此，所传歌词只有十三首。而蔡义江、蔡国黄则以为，辛氏于江阴通判任满之后，在通判建康之前，有一段时间漫游吴楚各地，并将若干作年莫考歌词，划归此时所作。这么一来，辛氏于第一个十年所传歌词就有六十七首（参见《稼轩长短句编年》）。在证据并未十分充足的情况下，本书论断大多以邓广铭《稼轩词编年笺注》为依据。

歌词十三首，以《汉宫春》（立春日）居先。这是南归之初，寓居京口所作。以阴历计，乃绍兴三十二年（1162）十二月二十二日。这也是有了家室之后的第一个立春日。辛氏于京口，与范邦彦（子美）之女、范如山

(南伯)之女弟结婚。两人同为二十三岁。

第一个十年,辛弃疾的文学成就主要体现于政论,歌词创作并不怎么出色。

汉 宫 春①

立春日

春已归来,看美人头上,袅袅春幡②。无端风雨,未肯收尽余寒。年时燕子,料今宵、梦到西园③。浑未办、黄柑荐酒④,更传青韭堆盘⑤?

却笑东风从此,便薰梅染柳⑥,更没些闲。闲时又来镜里,转变朱颜。清愁不断,问何人、会解连环⑦?生怕见、花开花落,朝来塞雁先还。

① 汉宫春:宋人创调,又名《汉宫春慢》、《庆千秋》。有平仄韵二体。

② 春幡:《岁时风土记》:"立春之日,士大夫之家,剪彩为小

幡，悬于家人之头或花枝之下。"

③ 西园：此指北宋汴京西门外琼林苑。

④ 黄柑荐酒：以黄柑所酿腊酒互相敬献。苏轼《洞庭春色诗序》："安定郡王以黄柑酿酒，谓之洞庭春色。"

⑤ 青韭堆盘：立春日，取生菜、果品、饼、糖等，置于盘中为食，以示迎新之意，号春盘。苏轼《立春日小集戏李端叔》："辛盘得青韭，腊酒是黄柑。"

⑥ 薰梅染柳：春风吹开梅花、染绿柳丝。李贺《瑶华乐》："玄霜绛雪何足云，薰梅染柳将赠君。"

⑦ 解连环：《战国策·齐策（六）》："秦昭王尝遣使者遗君王后玉连环，曰：'齐多智，而解此环不。'君王后以示群臣，群臣不知解，君王后引锥椎破之，谢秦使曰：'谨以解矣。'"此喻指心中烦愁不易开解。

邓广铭据《铅山辛氏宗谱》，将此词断定为宋孝宗隆兴元年（1163），初寓京口作。时年二十四。见《稼轩词编年笺注》增订三版题记。蔡义江、蔡国黄谓词中"西园"为瓢泉之一景，疑为宋宁宗庆元三年（1197）或嘉泰三年（1203），在瓢泉作。

自周济之后，晚近以来，论者大都将此当作一首政治词来读。以为此词与作者当时所处社会背景相关，这是可以理解的，但硬将词中所写与时事挂钩，则难免牵强。

就词而论，我以为首先应将此当作一首节序词看待。因为词题"立春日"，实际上已明确标榜；而且全词上下从头到尾，也都离不开立春这一话题。具体地说，作者乃于上片正面铺叙立春情事，而于下片抒写对于立春的观感。

立春情事，主要包括四个方面：美人春幡，无端风雨，燕子归梦，黄柑青韭。即谓春天到来，妇人戴上迎春标志，万家千户充满春的气息，但风雨多变，人间仍未完全驱除冬季余寒。此时，只有旧时双燕，能在梦中回到西园，而有关迎春工作，诸如黄柑荐酒及青韭堆盘等，又似乎尚未准备就绪。四个方面所写，有自然物象，也有社会事相，说明今年立春可能来得很早。词既描画出早春特征，又透露了人的心情，俨然一幅富有姿彩的立春风俗图。

这是正面铺叙。即围绕着立春,将有关情事,一件一件进行安排与布置,显得有些平直。而观感,则说得颇有波折。如"却笑东风",谓其薰梅染柳,未曾得闲,并将镜里朱颜转变。对于春的到来,似乎并不十分欢迎。即谓"人盼春来,我愁春至"(俞陛云《唐五代两宋词选释》),这是作者与众不同的观感。对于上片铺叙,来个大转折。而且将此转折进一步加以推进,谓春至所造成的愁,如连环一般永远无法开解。这是对于春的总观感。所谓"春固徒忙,人亦徒增惆怅"(俞陛云语,同上),此一观感所包括的内容十分广泛,十分深沉。这是作者全部宇宙观与人生观的体现。

这首节序词不仅写立春,而且写人,其意义已超出节序范围。这是不可忽视的。但是,论者依据周济所谓"燕子犹记年时好梦,黄柑青韭,极写燕安鸩毒","换头又提动党祸,结用雁与燕激射,却捎带五国城旧恨"(《宋四家词选》)等说,将事情说死,反而缩小了词章所包含的意义,对于理解作者本意并无帮助。

满 江 红①

暮 春

　　家住江南,又过了、清明寒食②。花径里、一番风雨,一番狼藉。红粉暗随流水去③,园林渐觉清阴密。算年年、落尽刺桐花,寒无力。　　庭院静,空相忆。无说处,闲愁极。怕流莺乳燕,得知消息。尺素如今何处也④?彩云依旧无踪迹。谩教人、羞去上层楼,平芜碧。

① 满江红:唐教坊曲。又名《上江红》、《念良游》、《伤春曲》。有平、仄韵二体。

② 寒食:寒食节。《荆楚岁时记》:"冬至后一百五日,谓之寒食节,禁火三日。"

③ 暗随流水:秦观《望海潮》(洛阳怀古):"无奈归心,暗随流水到天涯。"

④ 尺素:书信。乐府《饮马长城窟行》:"客从远方来,遗我双

鲤鱼。呼童烹鲤鱼，中有尺素书。"

歌词题称"暮春"。邓广铭以为作于隆兴二年（1164），在江阴军签判任上，应可为依据。这是南归后的第二个春天。时二十五岁。此前所作《汉宫春》，乃第一个春天，二十四岁。前者立春与后者暮春景象不同，观感亦不同。立春所作，花开花落景象，尚未充分展现出来。至暮春，则都随流水暗暗消逝。前者于春之忙碌当中，激发其惆怅情绪，似乎害怕春之到来；而后者，园林渐觉清阴浓密，一片绿肥红瘦景象，春已归去，什么情绪也都激发不起来了。

前者乃节序词，后者亦当为一首节序词。两者都为伤春而作。论者将这首词当作闺情词，谓"写一位女郎对意中人的思念"（参见汪诚《稼轩词选析》），颇牵强附会。而以为"一番风雨，一番狼藉"，即暗指符离之役宋师之惨败（邓广铭《稼轩词编年笺注》），似亦求之太过。

水 调 歌 头①

寿赵漕介庵②

千里渥洼③种，名动帝王家。金銮当日奏章，落笔万龙蛇④。带得无边春下，等待江山都老，教看鬓方鸦。莫管钱流地⑤，且拟醉黄花。　　唤双成⑥，歌弄玉⑦，舞绿华⑧。一觞为饮千岁，江海吸流霞⑨。闻道清都帝所，要挽银河仙浪，西北洗胡沙⑩。回首日边⑪去，云里认飞车⑫。

① 水调歌头：唐大曲有《水调歌》，都为五、七言声诗。现行《水调歌头》乃宋人所创新声。

② 赵漕介庵：赵彦端，字德庄，号介庵，又号介庵居士。宣祖皇帝八世孙。年十七举进士，绍兴八年登礼部第。时任江南东路计度转运副使，驻节建康，为漕司。有《介庵居士集》。

③ 渥洼：水名。在今甘肃安西县境。《汉书·武帝纪》："元

鼎四年六月,得宝鼎后土旁。秋,马生渥洼水中,作宝鼎天

马之歌。"因以渥洼称天马、神驹。此用以颂扬赵氏。

④ 龙蛇:喻笔势飞动。李白《草书歌》:"时时只见龙蛇走,左

盘右蹙如惊电。"

⑤ 钱流地:《新唐书·刘晏传》:"诸道巡院皆募驶足,置驿

相望。……自言如见钱流地上。"此以刘晏赞赵氏官职

相符。

⑥ 双成:董双成,传说中仙女,后成仙飞天。《浙江通志》:

"周董双成,西王母女。其故宅在杭州西湖妙庭观。丹成

得道,自吹玉笙,驾鹤仙去。"

⑦ 弄玉:秦穆公女。《列仙传》:"萧史者,秦穆公时人,善吹

箫。穆公女弄玉好之,公妻焉。弄玉日就萧史学箫作凤

鸣,感凤来止。一旦夫妻同随凤飞去。"

⑧ 绿华:古代仙女萼绿华。《零陵县志》:"秦萼绿华,仙女

也。以晋穆帝升平三年,降于羊权家。"

⑨ 流霞:传说中仙酒名。《论衡·道虚篇》载河东项曼斯好道

学仙,自言"居月之旁,其寒凄怆。口饥欲食,(仙人)辄饮

我流霞一杯。每饮一杯,数月不饥"。

⑩ 要挽二句:杜甫《洗兵马》:"安得壮士挽天河,净洗甲兵常

不用。"李白《永王东巡歌》:"但用东山谢安石,为君谈笑静胡沙。"词句由此化出。

⑪ 日边:赵嘏《送裴延翰下第归觐滁州》:"江上诗书悬素月,日边门户倚丹梯。"日,喻君主。此用以指代朝廷。

⑫ 飞车:《帝王世纪》:"奇肱氏能为飞车,从风运行。"此用以颂扬赵氏,望其青云直上。

据邓广铭考证,这首词作于乾道四年(1168)九月,在通判建康任上。时年二十九。

这是一首寿词。上片赞颂其功业,谓渥洼良种,名动帝王之家;金銮奏章,落笔万千龙蛇。江山易老,两鬓春色无边;见钱流地,寿诞解吟黄花。下片寄寓其愿望。谓各方仙女,殷勤贺寿;一觞千岁,吸饮流霞;银河仙浪,挽洗胡沙;日边回首,云里飞车。希望其做大官,发挥大作用,为图恢复大计。壮语豪言,正与南归之初之壮声英概相合。虽难免溢美,却并不让人讨厌。这就是早期之辛稼轩。

千 秋 岁①

金陵寿史帅致道②,时有版筑役③

塞垣秋草。又报平安好④。尊俎上,英雄表⑤。金汤生气象,玉珠霏谈笑⑥。春近也,梅花得似人难老。　　莫惜金尊倒⑦。凤诏看看到⑧。留不住,江东小⑨。从容帷幄去⑩,整顿乾坤了⑪。千百岁,从今尽是中书考⑫。

① 千秋岁:宋人创调。见秦观《淮海词》,又名《千秋节》。

② 史帅致道:史致道,名正志,江苏扬州人。宋高宗绍兴二十一年(1151)进士。曾上《恢复要览》五篇,并建议"无事都钱塘,有事幸建康"。时任建康留守、建康知府兼沿江水军制置使,故称之为帅。

③ 版筑役:指整修城墙之役。《嘉定镇江志》(卷一八)载,史正志除集英殿修撰知建康府,"陛辞论三事",其一即为"修筑城壁"。

④ 又报句:《酉阳杂俎》续集卷一○:"童子寺有竹一窠,才长

数尺。相传其寺纲维每日报竹平安。"此用以谓边境安然
无事。

⑤ 英雄表：英雄气概。苏轼《张安道乐全堂》诗："我公天与
英雄表，龙章凤姿照鱼鸟。"

⑥ 玉珠句：此为笑谈霏珠玉之倒置。用以赞扬史帅。《晋
书·夏侯湛传》："咳唾成珠玉，挥袂出风云。"

⑦ 莫惜句：蔡挺《喜迁莺》："太平也，且欢娱，不惜金尊
频倒。"

⑧ 凤诏：陆翙《邺中记》："石季龙(虎)与皇后在观上为诏书，
五色纸，着凤口中。凤既衔诏，侍人放数百丈绯绳，辘轳回
转，凤凰飞下，谓之凤诏。"(《初学记》卷三〇)

⑨ 江东小：《史记·项羽本纪》："江东虽小，地方千里。"

⑩ 从容句：《新唐书·房琯传赞》："遭时承平，从容帷幄，不
失为名宰。"帷幄，指决策处。

⑪ 整顿句：杜甫《洗兵马》："二三豪俊为时出，整顿乾坤济
时了。"

⑫ 中书：即中书令，指宰相。唐以中书、尚书、门下为三省，其
令长俱为宰相。《旧唐书·郭子仪传》："史臣裴泊曰：汾
阳事上诚荩，临下宽厚。天下以其身为安危者殆二十年，

校中书令,考二十有四。富贵寿考,繁衍安泰,哀荣终始,人道之盛,此无缺焉。"此谓其享高寿,久居宰辅之位。

这首词作于宋孝宗乾道五年(1169),在建康通判任上。时年三十。

这是一首寿词。言富贵寿考,言事业功名,既切合时势,又切合身份,以颇能体现性灵,堪称佳作。

然而,以上种种,乃通过寿宴(尊俎)加以展现。这是寿词的主题。而且,从材料分配及组合看,此主题之展现,又通过上下片的分与合渐次进行。虽为应酬之作,却显得很不一般。

先说上片。着重为寿宴布景。首四句由时势说到寿宴,谓秋高马肥,塞垣无恙;尊俎排场,体面非常。前者为寿宴背景,后者为寿宴本身,着重展现其"英雄表",即英雄气概。这是与其作为"帅"的身份相符合的。次四句由时事说到寿宴,谓版筑之役,为金汤增添气象;席间谈笑,如珠玉随风飘落。又谓春到枝头,梅花妖艳,却比不上人如此长生不老。这是寿宴主人,为诸景中之重要一景，着重显示其谈笑，即不凡之风度。这也是与其作为"帅"的身份相符合的，于是通过场面与人物即将其富贵寿考尽情表露。

再说下片。着重借寿宴说情。首四句由金尊说到凤诏，谓今之寿宴，恰逢"太平盛世"，应放怀痛饮，不惜金尊频倒；口衔五色诏书之凤凰，看看就将来到；并谓江东地方太小，自然留不住先生这般雄才。承上启下，即由眼前之寿宴，拓展开去，说与时势及时事相关之国家大事。这就是次四句所说之事，次四句由从容帷幄说到尽中书考，谓整顿纲纪，再造乾坤，或者说收复山河，了却君王天下事，这才是时代豪俊之奋斗目标；先生当久居要津，竭诚事上。这是对于寿宴主人之赞颂与祝愿，着重显示其事业功名。

上下片所言，既为人，实际上也为己。尤其是"从容帷幄去，整顿乾坤了"这一贺词，更是作者心声的体现。这大概就是上文所说性灵。因此，切不可将它当一般应酬之作看待。

念 奴 娇①

西湖和人韵

晚风吹雨,战新荷声乱,明珠苍璧。谁把香奁收宝镜,云锦周遭红碧②。飞鸟翻空,游鱼吹浪,惯趁笙歌席。坐中豪气,看君一饮千石。

遥想处士风流③,鹤随人去,已作飞仙伯。茆舍疏篱今在否,松竹已非畴昔。欲说当年,望湖楼下④,水与云宽窄。醉中休问,断肠桃叶消息⑤。

① 念奴娇:词调名。又名《千秋岁》、《大江东去》、《百岁令》、《酹江月》等。

② 云锦:文同《题守居园池横湖》:"一望见荷花,王机织云锦。"此用以状写湖面周遭的红碧景象。

③ 处士风流:指林逋。林字君复,杭州钱塘人。结庐西湖孤山,二十年间,足不及城市。号西湖处士。

④ 望湖楼:咸淳《临安志》卷三二:"在钱塘门外一里,一名看

经楼。乾德五年钱忠懿王建。"

⑤ 桃叶：晋人王献之爱妾。或以为借指侍妾,待考。

　　这首词咏西湖。模山范水,应是南归之初游杭州时所作。邓广铭以为作于乾道六年或七年（1170 或 1171）,时任司农寺主簿,三十一或三十二岁。早期尝试,显得较幼嫩。

　　上片布景,展现湖山景象。新荷云锦,飞鸟游鱼,充满蓬勃生机。下片说情,追叙人物遭遇。鹤随人去,消息断肠,颇带伤感情绪。湖山与人物,属于本地风光,并与自身相关,比如桃叶,可能代表着一种思念。景与情配搭得甚为贴切。但只是如此而已,尚未见稼轩面目。

青　玉　案①

元　夕②

　　东风夜放花千树。更吹落,星如雨③。宝马雕车香满路④。凤箫声动⑤,玉壶光转⑥,一

夜鱼龙舞⑦。　　蛾儿雪柳黄金缕⑧。笑语盈
盈暗香去。众里寻他千百度。蓦然回首⑨,那
人却在,灯火阑珊处。

① 青玉案:宋人始创调。见苏轼《东坡乐府》。又名《西湖
　 路》、《青莲池上客》、《谢师恩》、《横塘路》。

② 元夕:阴历正月十五日,俗称上元节。此文即称元夕、元夜
　 或元宵。唐以后有观灯习俗,亦称灯节。

③ 东风二句:谓花灯及焰火。孟元老《东京梦华录》称正月十
　 六日晚京城各坊巷"各以竹竿出灯球于半空,远近高低,若
　 飞星然"。又周密《武林旧事》记临安元夕:"宫漏既深,始
　 宣放焰火百余架,于是乐声四起,烛影纵横,而驾始还矣。
　 大率宣和盛际,愈加精妙。"

④ 宝马雕车:装饰华丽的马匹与车辆。郭利贞《上元》诗:
　 "九陌连灯影,千门度月华。倾城出宝骑,匝路转香车。"

⑤ 凤箫:箫之美称。

⑥ 玉壶:原喻月亮,此处主要指灯。周密《武林旧事》(卷
　 二)元夕条称:"灯之品极多,每以苏灯为最。……福州所
　 进,则纯用白玉,晃耀夺目,如清冰玉壶,爽彻心目。"但也

可理解为月。

⑦ 鱼龙舞：谓彩灯流动。夏竦《奉和御制上元观灯》诗："鱼
龙漫衍六街星，金锁通宵启玉京。"

⑧ 蛾儿雪柳：宋代妇女元宵所戴头饰。《宣和遗事》："宣和
六年正月十四夜，奉圣旨宣万姓。有那快行家，手中拿着
金字牌，喝道'宣万姓'。少顷，京师民有似云浪，尽头上戴
着玉梅、雪柳、闹蛾儿，直到鳌山下看灯。"黄金缕：指柳丝。
李商隐《谑柳》："已带黄金缕，仍飞白玉花。"

⑨ 蓦然：忽然。

这首词作于宋孝宗乾道七年（1172），在临安，任司
农寺主簿。时年三十二。

这是一首节序词，描写元宵佳节灯会盛况。但是，
近代以来，理解各异。或以为这是说成就大事业、大学
问之境界问题（王国维《人间词话》）；或以为这是说不
与世俗合流、独来独往之品格问题（蔡义江、蔡国黄《稼
轩长短句编年》）；或以为这是说艳情，实在是一首道道
地地的艳词（常国武《辛稼轩词集导读》）等等。诸种说

法都各有一定道理。这里就事论事，试单独以节序词加以剖析。

总的看，全篇写灯会，这是毫无疑问的。但就上下片看，所写则有明显分工。即上片主要写灯，而以人（宝马雕车）为陪衬，以表现灯之会；下片主要写人，写观灯之人，并将观灯之人分为两种加以对照，以表现观灯人之会。敷写、综述，既可见节日之气象，又可见作者之性灵，甚是出色当行。

所谓敷写、综述，就是铺叙。这是一种重要的描写手段。

先看灯会。上片首三句从大处着笔，写灯、写焰火，盖地铺天，展示出一个大场面；而宝马雕车，则为此大场面中之人物活动，表现万姓对于此灯、此焰火之追逐情景，仍然在于突出灯会。这是总叙。次三句转而从小处着笔，写凤箫、写玉壶、写鱼灯与龙灯，乃上述大场面中之一个一个特写镜头，为分叙。其中"凤箫声动"，乃灯会之音乐背景；"玉壶光转"，或灯、或月，既显示灯的动态，又暗示时间推移；"一夜鱼龙舞"，鱼灯、龙灯，各种各样的灯飞舞流动,从纵(时间)横(空间)两个方面显示灯会盛况。总叙、分叙,将整个灯之会描写得十分可观。

再看观灯之人。下片首二句,承接大场面而来,所写乃众人之集,即万姓之会。蛾儿、雪柳,乃借代,可能为乘坐宝马雕车而来之贵妇、小姐,也可能为万姓中之一般女郎。笑语盈盈,写此等贵妇、小姐或一般女郎之状况。谓其带着暗香,从眼前经过。这正是《宣和遗事》所写"京师民有似云浪,尽头上戴着玉梅、雪柳、闹蛾儿,直到鳌山下看灯"之情景。这是前往看灯时之情景。但是,也可能是灯火将尽、人群将散之情景。这是上述可观场面的一个组成部分。第三句说,在众人中寻找伊人。这是一个转折,或过渡,即由众人之会即万姓之会,转入伊人之会。于是,最后三句着重说伊人之会。谓其与众不同,独自在灯火阑珊之处,并谓千度万度,寻伊不着,而偶一回头,即在眼前。其欣喜之情,溢于言表。——观灯人之两种不同表现形式,形成鲜明对比。一个热闹、喧哗,一个冷静、孤寂,同样将整个观灯人写得甚是不同一般。

　　所谓"自怜幽独,伤心人别有怀抱"(梁启超语,据梁令娴《艺蘅馆词选》),作者性灵,就是在上述种种描写、综述中表现出来的。作为一首节序词,写物(灯会)、写人(观灯人),能获得如此效果,已甚难得。至于其他方面之比喻或寄托,见仁见智,可以进一步感发联想,但未可牵强附会,才不至违背作者本意。

二、南归后的第二个十年（1172—1181）

宋孝宗乾道八年（1172）春，辛弃疾自司农寺主簿出知滁州（今安徽滁县），开始南归后第二个十年之仕宦生涯。与第一个十年相比，他的官职有大提升，由无足轻重之小吏，晋升为方面大员。滁州任满，辟江东安抚司参议官，迁仓部郎官。以仓部郎中出为江西提点刑狱，节制诸军。调京西转运判官，并由京西参知江陵府，兼湖北安抚。坐江陵统制官率逢原纵部曲殴百姓，徙知隆兴府兼江西安抚。以大理少卿召，出为湖北转运副使，改湖南转运副使。寻知潭州，兼湖南安抚使。加右文殿修撰，差知隆兴府兼江西安抚使。改除两浙西路提点刑狱，旋以事落职罢新任。

第二个十年,辛弃疾被频繁调遣。每次赴任,他都尽忠职守,政绩卓著。在滁州办荒政,半年大见成效:"自是流逋四来,商旅毕集。人情愉愉,上下绥泰。乐生兴事,民用富庶。"(崔敦礼代严子文作《滁州奠枕楼记》)在江西督捕茶商军,整日从事于兵车羽檄之间,略无少暇,迅速讨平茶民暴动。在湖南创置飞虎军,"军成,雄镇一方,为江上诸军之冠"(《宋史》本传)。辛弃疾希望国富兵强,再图恢复大计。但其所作所为,"不为众人所喜",终于被迫退隐。

第二个十年,辛弃疾虽仍积极进取,但已加紧准备后路。淳熙七年(1180),在湖南安抚使任上,他一方面规划创置飞虎军,一方面又开始营建带湖居第,并且以稼轩居士自称。所谓"用之则行,舍之则藏",几乎每个读书人都有这么两手。辛弃疾亦如此。只不过不是万不得已,不会轻言归去罢了。

据邓广铭《稼轩词编年笺注》,辛弃疾于此十年所传歌词,从滁州任上作《感皇恩》(春事到清明)算起,到可断定为中年宦游时所作之《祝英台近》(宝钗分)以及《鹧鸪天》

(一片归心拟乱云),计七十五首。蔡义江、蔡国黄《稼轩长短句编年》,断定为此十年间所作者,计六十七首。

就心境与词境看,第二个十年与第一个十年相比,显然有所变化。这是因环境变化所引起的变化。第一个十年,初到南方,职位低微,并未影响心境,所谱写歌词,颇多豪言壮语。如曰"要挽银河仙浪,西北洗胡沙"(《水调歌头》"千里渥洼种"),"袖里珍奇光五色,他年要补天西北"(《满江红》"鹏翼垂空"),"从容帷幄去,整顿乾坤了"(《千秋岁》"塞垣秋草")等等。无论以英雄许人,或者以英雄自许,所谓壮声英概,皆甚是令人振奋。但是,第二个十年,情况就有所不同。尽管已经是方面大员,职位高贵,因以归正官员之特殊身份,处于偏安江左之特殊环境,却并不那么如意。十年间,既不能上前线,实现其恢复意愿,又不能居庙堂,施展其经济才干。加上忌能妒贤,古来如此,也就更加不如意。恶劣的环境影响心境,所谱写歌词也就不同于第一个十年。即此十年,必须认认真真思考进与退问题。因此,也就有所顾忌。如曰"目断秋霄落雁,醉来时响空弦"(《木兰花慢》"老来情味减"），"落日胡尘未断，西风塞马空肥"（《木兰花慢》"汉中开汉业"），"但觉平生湖海，除了醉吟风月，此外百无功"（《水调歌头》"我饮不须劝"），"休去倚危栏，斜阳正在，烟柳断肠处"（《摸鱼儿》"更能消几番风雨"），"都休问，英雄千古，荒草没残碑"（《满庭芳》"倾国无媒"），"欲说又休新意思，强啼偷哭真消息"（《满江红》"天与文章"），"秋江上，看惊弦雁避，骇浪船回"（《沁园春》"三径初成"）等等。无论说进取，或者说退隐，所谓"恐言未脱口而祸不旋踵"，皆未能随心所欲，说个痛快。

相比之下，应该说进入第二个十年，辛氏歌词创作已渐入佳境。

西　江　月①

为范南伯寿②

秀骨青松不老，新词玉佩相磨。灵槎准拟泛银河③。剩摘天星几个④。　　莫枕楼头风月,驻春亭上笙歌。留君一醉意如何? 金印明年斗大⑤。

① 西江月:唐教坊曲。又名《玉炉三涧雪》、《日蘋香》、《江月令》、《步虚词》、《晚香时候》、《壶天晓》、《双锦瑟》等。

② 范南伯:范如山,字南伯,邢台人。父邦彦,仕金为蔡州新息县令,绍兴辛巳以其县归宋。如山之女弟归稼轩。皆中州之豪,甚相得。

③ 灵槎:即浮槎。《博物志》卷十:"天河与海通,近世有人居海渚者,年年八月有浮槎去来,不失期。人有奇志,立飞阁于槎上,多赍粮,乘槎而去。"

④ 词作原注:"南伯去岁七月生子。"

⑤ 金印句:《世说新语·尤悔篇》:"王大将军起事,丞相兄弟诣阙谢,周侯深忧。诸王始入,甚有忧色,丞相呼周侯曰:'百口委卿。'周直过不应。既入,苦相存活。既释,周大说,饮酒。及出,诸王故在门。周曰:'明年杀诸贼奴,当取金印如斗大,系肘后。'"

　　辛弃疾于宋孝宗乾道八年(1172)春,自司农寺主簿出知滁州。初上任,为安抚民庶,收容商旅,曾创建奠枕楼。奠枕楼落成,范南伯至滁访晤,因有此作(参见邓广铭《稼轩词编年笺注》)。

歌词题称"为范南伯寿",立意甚明确。

上片说对方,以为青松秀骨,并具新词玉佩,乃一般称颂之辞;而准拟银河,摘取天星,则有专指。稼轩自注云:"南伯去岁七月生子。"剩,作多解。于贺寿之时,顺带贺其得子,似颇为贴切。

下片说双方,奠枕、驻春,风月、笙歌,皆当时具体之物象与事相,留君一醉,亦甚为惬当。而明年金印,既寄望于对方,亦表现自己的意愿。

南归后第二个十年,有机会出任封疆大吏,对于前景充满了信心。为人贺寿,实际上带有自贺之意。

一　剪　梅①

游蒋山②,呈叶丞相③

独立苍茫醉不归④。日暮天寒,归去来

兮⑤。探梅踏雪几何时。今我来思,杨柳依
依⑥。　　白石冈头曲岸西⑦。一片闲愁,芳
草萋萋。多情山鸟不须啼。桃李无言,下自
成蹊⑧。

① 一剪梅:宋人创调。见周邦彦《清真集》。因周词首句为
　"一剪梅花万样娇",故用作调名。又名《玉簟秋》、《腊
　梅香》。

② 蒋山:亦名钟山,在建康(今江苏南京)东南。吴大帝时,为
　蒋子文立庙于此。因避祖讳,改名蒋山。宋复名钟山。

③ 叶丞相:即叶衡,字梦锡,婺州金华人。绍兴十八年进士。
　后官至右丞相兼枢密使。《宋史》有传。

④ 独立苍茫:杜甫《乐游园歌》:"此身饮罢无归处,独立苍茫
　自咏诗。"

⑤ 归去来兮:陶渊明《归去来》:"归去来兮,田园将芜胡
　不归。"

⑥ 今我二句:《诗经·小雅·采薇》:"昔我往矣,杨柳依依。
　今我来思,雨雪霏霏。"

⑦ 白石冈头：疑为石子冈。在蒋山西，与曲折北流之秦淮河相邻。参见邓广铭《稼轩词编年笺注》。

⑧ 桃李两句：《史记·李将军列传》赞："《传》曰：'其身正，不令而行；其身不正，虽令不从。'其李将军之谓也。……谚曰：'桃李不言，下自成蹊。'"

这首词作于宋孝宗淳熙元年（1174）春，在建康。时年三十五（据邓广铭《稼轩词编年笺注》）。蔡义江、蔡国黄以为作于第二年，于叶氏入相之后（据《稼轩长短句编年》）。二说可供参考。

据考，叶衡于宋孝宗淳熙元年（1174）帅建康，二月即召赴行在。作者调任江东安抚司参议官，正好在其属下。此词乃作者送别叶氏之后，独自游蒋山时所作。题中丞相之称，为后来所追改（参见邓广铭《稼轩词编年笺注》）。可见这是向老上司表白心迹的一首词。

上片所谓"独立苍茫"，主要说处境。下片所谓"闲愁"，主要说感受及态度。这是游蒋山时之所得，也可看作是对于整个时局观察、思考之所得。以此呈叶氏，目的在于争取理解与支持。据说,叶氏调任丞相,曾向朝廷"力荐弃疾慷慨有大略"(《宋史·辛弃疾传》),可能与此词相关。

上片有关处境的安排,由蒋山望去,包括整个苍茫大地。此时之作者,独立其间,似无有归处。这是包括社会人生在内的一个大环境。当然,蒋山即在其中。词章谓旧时踏雪前往,今日杨柳低垂——时间推移,环境也随着变换。不知道什么时候,能得到梅花消息。这是对于其所处环境的进一步描绘与充实。

下片的感受及态度,亦借助环境中之物景加以传达。词谓曲岸西边、白石冈头,萋萋芳草,连接天涯。这是游山,亦即独立苍茫时所见物景。但将此芳草与闲愁联系在一起,以为二者同样无边无际,却是游山,亦即独立苍茫时之具体感受。

这感受当也是由于环境变化所产生的。即此时,不仅梅花消息已甚渺茫,而且春天也更行更远。——面对这一现实,究竟应当采取何种态度呢?词章将山鸟与桃李加以对比,以为山鸟多情,日夜啼叫,留不住春归步伐;桃李无言,却能够将春色带往千家万户。其价值判断及取向十分明确。

当然说物景自然是有所寄托的,所谓咏物明志,对此作为老上司自然心中有数,不必明言。

菩 萨 蛮[①]

金陵赏心亭为叶丞相赋[②]

青山欲共高人语。联翩万马来无数。烟雨却低回。望来终不来。 人言头上发。总向愁中白。拍手笑沙鸥。一身都是愁。

① 菩萨蛮:唐教坊曲。又名《子夜歌》、《重叠金》等。
② 赏心亭:《景定建康志》卷二二:"在下水门之城上,下临秦淮,尽观览之胜。丁晋公谓建。"叶丞相:即叶衡。

这首词作于宋孝宗淳熙元年(1174),在建康。时于叶衡属下任参议官,年三十五。

叶丞相（衡）为辛弃疾之上司。作此词时，叶为建康留守，辛只不过是江东安抚司之一员小官。题称"为叶丞相赋"，明显带有奉承之意。但因辛氏乃大手笔，善以布景、造理，体现其作为"词中之龙"之才情、气概与气度，这一点小意思也就被冲淡了。

首先看布景，即对于青山与烟雨的布置与安排。两者皆以拟人化手法加以表现。词谓青山要与高人对话，所以像万匹骏马，联翩奔驰而来；而烟雨则犹豫不决，盼望前来，又始终未来。两者对于高人，都无限景仰。就题面看，这是说给叶丞相听的。即通过青山与烟雨，表达自己对于叶丞相的敬意。这是可以肯定的。但是如从景象（物象）自身看，此青山与烟雨，实际却并非人，而乃由赏心亭所见之具体景象（物象），为一种无情之物，只不过让作者写活了而已——作者以夸张手法进行拟人化，使其活动起来，并赋予不同个性。对此有形、有貌、有各种姿态之具体景象（物象），既可作如是观，亦可不必，不一定完全只是着眼于叶丞相，这也是可以肯定的。这是上片布景所达致的实际效果。

其次看造理，即对于人生与忧愁的看法。白居易《白鹭》诗云：

> 人生四十未全衰，我为愁多白发垂。何故水边双白鹭，无愁头上也垂丝。

白诗意为：人生四十，并未衰老。只是因为忧愁，才生白发。而水边白鹭，无忧无愁，何故"头上也垂丝"。

辛氏就此事发表议论，以为头上白发并非忧愁所生，要不然，水边沙鸥就将全身充满忧愁。白氏所云，具有一定代表性，属于一般见解；辛氏所云，绝无仅有，为其独特见解。这就是上文所说才情、气概与气度的具体体现。所以，从下片所造理，进一步可证实，词章已超出"为叶丞相赋"这一意义，即通过"赋"，既表达敬意，亦体现人生观感，具有"指出向上一路"之意义，值得注意。

水 龙 吟①

登建康赏心亭②

楚天千里清秋，水随天去秋无际。遥岑远

目③,献愁供恨,玉簪螺髻④。落日楼头,断鸿声里,江南游子。把吴钩看了⑤,栏干拍遍⑥,无人会,登临意⑦。　　休说鲈鱼堪脍⑧。尽西风、季鹰归未? 求田问舍⑨,怕应羞见、刘郎才气。可惜流年,忧愁风雨⑩,树犹如此⑪! 倩何人唤取,红巾翠袖,揾英雄泪。

① 水龙吟:宋人创调。见苏轼《东坡乐府》。又名《小楼连苑》、《海天阔处》、《庄椿岁》、《鼓笛慢》、《龙吟曲》、《丰年瑞》。

② 赏心亭:见前一首注。

③ 遥岑:远山。韩愈《城南联句》:"遥岑出寸碧,远目增双明。"

④ 玉簪螺髻:碧玉头饰及螺形发髻。《古今注》:"童子结发为螺髻。言其形似螺壳。"用喻远山。

⑤ 吴钩:春秋时吴国所制一种弯状宝刀。这里指佩刀。杜甫《后出塞诗》:"少年别有赠,含笑看吴钩。"

⑥ 栏干拍遍:手拍栏干,独自寻思。王辟之《渑水燕谈录》卷

四:"刘孟节先生概,……少时多居龙兴僧舍之西轩,往往凭栏静立,怀想世事,吁唏独语,或以手拍栏干。尝有诗曰:'读书误我四十年,几回醉把栏干拍。'"

⑦ 无人会,登临意:王琪《登赏心亭》:"千里秦淮在玉壶,江山清丽壮吴都。昔人已化辽天鹤,旧画难寻卧雪图。冉冉流年去京国,萧萧华发老江湖。残蝉不会登临意,又噪西风入座隅。"

⑧ 鲈鱼堪脍:用张翰(季鹰)弃官归隐故事。《世说新语·识鉴篇》:"张季鹰辟齐王东曹掾,在洛,见秋风起,因思吴中菰菜莼羹、鲈鱼脍。曰:'人生贵得适意尔,何能羁宦数千里以要名爵。'遂命驾便归。"脍:切细的肉、鱼。

⑨ 求田问舍:用刘备嘲讽许汜故事。《三国志·魏志·陈登传》:"许汜与刘备共在荆州牧刘表坐,表与备共论天下人……备曰:'君有国士之名,今天下大乱,帝王失所,望君忧国忘家,有救世之意。而君求田问舍,言无可采,是元龙所讳也,何缘当与君语。'"

⑩ 忧愁风雨:苏轼《满庭芳》:"思量。能几许,忧愁风雨,一半相妨。"

⑪ 树犹如此:东晋大将桓温语。《世说新语·言语篇》:"桓

公北征，经金城，见前为琅琊时种柳已皆十围，慨然曰：'木犹如此，人何以堪。'攀枝执条，泫然流泪。"

据邓广铭《稼轩词编年笺注》，这首词作于宋孝宗淳熙元年（1174），在江东安抚司参议官任上。时年三十五。蔡义江、蔡国黄《稼轩长短句编年》，以为作于乾道三年（1167），于漫游吴楚归金陵之后。可备参考。

南渡之初，作者年少气盛，迫切希望为抗金、恢复国土干一番事业。宋孝宗乾道元年（1165），二十六岁，奏进《美芹十论》。四年（1168），二十九岁，通判建康府（今江苏南京）。六年（1170），三十一岁，作《九议》上宰相虞允文。淳熙元年（1174），三十五岁，任江东安抚司参议，并因"慷慨有大略"，被荐入朝为仓都郎官。南归以来，表现出非凡才能和卓越胆识。在朝议事，持论劲直，上书献策，笔势浩荡。但是，发为歌词，抒写其对于时局的观感，就并不那么劲直与浩荡。这首词所写即为一典型例子。即：登高眺远，望山望水，联想到当前局势及自身处境，心中充满怨恨情绪，但此怨恨情绪并不像长江大河那样一泻无余,而乃曲折纡回,辗转而出。

　　词章开头所写千里清秋水和天一样,无边无际,境界无限宽阔,极其"大"。以下用倒卷之笔,在"大"中求奇变。作者的怨恨情绪深深地隐藏于词章的字里行间。"遥岑"三句写山,不说登临望山生怨恨,偏说山献怨恨给予人。句法安排奇特,已见动意。这里所写,乃长江以北沦陷区的山,作者将其拟人化。接着说自己如失群之孤雁,在此空叹报国无门。"无人会,登临意",一纵一收,引出全词主意。这是上片,立足于"登",因"登"而将水与山之景象铺列开来。

　　下片专门说"意"。这是上结之进一步展开。但对于此"意",仍不直说。而先以二事作陪衬,谓并非思归,并非"求田问舍"。一再否定之后,才将全部愁与恨,贯注于"可惜流年"诸句,其登临之意,即寓其中。但此刻,"欲说还休",连忙将话题收住。末了三句,谓英雄之泪本应洒向沙场,而今只能让妓女来揩。全词至此,翻腾作势,作者满腹牢骚,无穷愁、恨,显得更加深沉郁勃。

菩 萨 蛮

书江西造口壁①

　　郁孤台下清江水②。中间多少行人泪。西北望长安③。可怜无数山。　　青山遮不住。毕竟东流去。江晚正愁余④。山深闻鹧鸪⑤。

---

① 造口：即皂口。在今江西万安县西南六十里，皂口溪与赣江汇合处。

② 郁孤台：在今江西赣州西南。《赣州府志》载："郁孤台，一名贺兰山。隆阜郁然孤寺，故名。唐李勉为刺史，登台北望，慨然曰：'予虽不及子牟，心在魏阙一也。郁孤岂令名乎。'乃易匾为'望阙'。"清江：江西袁江与赣江合流处，旧称清江，这里指赣江。

③ 西北句：出自杜甫《小寒食舟中作》："云白山青万余里，愁看直北是长安。"此以汉唐旧都长安指代北宋故都汴京。

④ 愁余：使我发愁。《楚辞·九歌》有"目眇眇兮愁予"句。

⑤ 鹧鸪：鸟名。俗像其声曰："行不得也哥哥。"晋崔豹《古今

注·鸟兽》载："南山有鸟，名鹠鸪，自呼其名，常向日而飞。
畏霜露，早晚希出。"

这首词作于宋孝宗淳熙二、三年（1175 或 1176），
在江西提刑任上。时年三十六、七。

这是一首题壁词。即于江西造口，望水望山，有所
感发而将之题写于壁。

具体地说，作者所即之景，只水与山二项。水，即为
清江水，由袁江与赣江汇合而成。造口及郁孤台，均在
其上。作者任江西提刑，官署在赣州，距造口六十里。
此水与山，即为游造口、登郁孤台所见之清江水及江上
之青山。而所谓即景传情，便是就此水与山，传达心
中情。

那么，此所谓"传"，究竟是如何实现的呢？据周济
所说，其实现方法，即为"借水怨山"（《宋四家词选》）。
我看是有一定道理的。

所谓"借水怨山"，就是肯定水、否定山，以一正一
反的方式，表现其情志。上下片所写皆如此。

上片谓奔流不断的清江水,中间不知包含着多少逃亡百姓的辛酸泪,可知江水有情。而江上之无数青山,却将视线挡住,让人望不见长安。有如杜甫诗所云:"云白山青万余里,愁看直北是长安。"(《小寒食舟中作》)可知青山无义。一正一反,可见作者意愿。

下片谓江水冲破重重障碍,毕竟东流而去;深山鹧鸪,却增添自己的愁思。一正一反,可见其内心矛盾。即既以为无论多少艰难险阻,都改变不了自己的意愿,又因为环境复杂,产生种种忧虑。

因此,一正一反,往返回复,其情志也就明显地表露出来。这就是所谓即景传情。

念 奴 娇

书东流村壁[①]

野棠花落,又匆匆过了,清明时节。划地东风欺客梦[②],一夜云屏寒怯。曲岸持觞,垂杨系马,此地曾轻别。楼空人去,旧游飞燕能说③。　　　闻道绮陌④东头,行人曾见,帘底纤纤月⑤。旧恨春江流不断,新恨云山千叠⑥。料得明朝,尊前重见,镜里花难折⑦。也应惊问,近来多少华发。

① 东流:旧县名,在池州(今安徽贵池县一带)西南,近长江,今与至德合并为东至县。东流村,"乃指东流县境内之某村,非村以东流名也"(邓广铭《稼轩词编年笺注》)。此谓其于江行途中,题词村壁之上。

② 划地:可解为无端端、平白无故,或只是、依然。

③ 楼空二句:用张建封、关盼盼事。苏轼《永遇乐》(夜宿燕子楼):"燕子楼空,佳人何在,空锁楼中燕。"

④ 绮陌:即清真"愔愔坊陌人家"之坊陌,亦"大堤花艳惊郎目"之大堤及"花开陌上"之陌(参见吴世昌《罗音室词札》)。

⑤ 纤纤月:泛指女子。陶渊明《拟古诗》:"明明云间月,灼灼叶中花。岂无一时好,不久当如何。"(同上)亦有谓喻美人足者(邓广铭《稼轩词编年笺注》),可供参考。

⑥ 旧恨二句：谓旧恨、新恨皆无法了断。

⑦ 尊前二句：谓已别有所欢，不能再亲近她。此从黄庭坚《沁园春》"镜里拈花，水中捉月，觑着无由得近伊"化出。参见吴世昌《罗音室词札》。另解为"旧欢红颜必已衰老，残花不堪重折"，见常国武《辛稼轩词集导读》。二说供参考。

　　这首词作于宋孝宗淳熙五年（1178），自江西帅召为大理少卿途中。时年三十九。

　　这是一首怀旧词。"词中有人，呼之欲出"（吴世昌《罗音室词札》）。而且，有关时间、地点及事件，也交代得很清楚。这是说自己的故事。尽管不愿明白说，不像曾布《水调歌头》说冯燕故事和赵令畤《蝶恋花》说莺莺故事那么直截了当，但其所怀情事之有关来龙去脉，基本上也还能够弄明白。

　　总的看来，这是一位旧情人，即其于数年前经过东流某村所结识的一位女子。结识过程未说明，只说分手情景。谓清明时节于"此地"，在曲岸旁、垂杨下，系马、持觞，殷勤饯别。而今，时间、地点依旧——同样是清明时节，同样是"此地"，但人事已非。这是因为旧地重游，旧梦难圆，所勾起的一段记忆。其中的有关种种，均未细叙，只以"飞燕能说"加以概括。这是上片，说寻艳未遇。

下片，进一步追寻其踪迹。谓"行人曾见"，此行人，未必即作者，即未必其亲眼所见，却将旧情人之身份及样貌作了补充说明。即其旧情人，当住在绮陌东头。此绮陌即清真"愔愔坊陌人家"之坊陌（吴世昌语），亦即章台路上之坊陌。因此，其旧情人可能就是清真词中所说旧家秋娘一类人物。但此绮陌，也可解作"花开陌上"之陌，即其旧情人又未必就是青楼人物。这是有迹可循的。而"帘底纤纤月"，与"亭亭似月"（沈约《丽人赋》）一样，同为赞颂女子之奇丽，这是容易理解的。经此一追寻，应该说，这位旧情人之形象，已比较完整。于是，所谓旧恨、新恨之难以了断，即进一步将其未遇时之种种复杂心境揭示出来。一方面，谓"楼空人去"，这是对于往事的追念，属于旧恨；另一方面，谓镜花难折，这是对于未来的设想，属于新恨。二者皆用比喻加以描述。吴世昌指出："'试问闲愁都几许。一川烟草,满城风絮,梅子黄时雨。'(贺铸《青玉案》)连用三个比喻,一个比一个大,亦即越比越多,越是无可奈何,辛之'不断''千叠',亦此意也。"但是,有关新恨之理解,注文所列二说——"谓已别有所欢,不能再亲近她"及"旧欢红颜必已衰老,残花不堪重折",我看后者较为合理。即其设想未来,即使重见,也将为双方带来惊讶。不但对方衰老,而且我方也已衰老。这才是最可怨恨的。这是下片,说相遇不如不遇。

上下两片,一怨恨未见,似盼望相见;一设想相见,却害怕相见。两相对照,下片所说似乎为对于上片的否定,实际上,此肯定与否定的结合,才深刻道出作者的心思。这说明其所谓怀旧,并非真的为着寻找到伊人,而是为着追寻旧时的感觉。这才是心底里对于伊人的永远怀念。重游旧地,书此词于壁上,其用意大概就在于此。

鹧　鸪　天①

送　人

　　唱彻阳关泪未干②。功名余事且加餐③。浮天水送无穷碧,带雨云埋一半山④。　　今古恨,几千般。只应离合是悲欢。江头未是风波恶,别有人间行路难⑤。

① 鹧鸪天:宋人创调。见柳永《乐章集》。又名《千叶莲》、《半死桐》、《于中好》、《思佳客》、《思越人》、《看瑞香》、《第一花》、《剪朝霞》、《骊歌一叠》等。

② 阳关:即渭城曲,别名阳关曲。王维《送元二使安西》:“渭城朝雨浥轻尘,客舍青青柳色新。劝君更尽一杯酒,西出阳关无故人。”后经乐工铺衍为三节,称“阳关三叠”,用来作为送别的歌曲。

③ 余事:韦应物《郊居言志》:“但要尊中物,余事岂相关。”

④ 浮天二句:写途中景象。许浑《呈裴明府》:“江村夜涨浮天水,泽国秋生动地风。”杨徽之《嘉阳川》:“浮花水入瞿塘

峡,带雨云归越隽州。"

⑤ 江头二句:谓险恶风波不在江头,而在人生途中。刘禹锡
《竹枝词》:"瞿塘嘈嘈十二滩,人言道路古来难。长恨人心
不如水,等闲平地起波澜。"白居易《太行路》:"行路难,不
在水,不在山,只在人情反覆间。"

这首词作年莫可确考。邓广铭据词中"江头"等字
面,谓于宋孝宗淳熙五年(1178)自豫章赴行在途中所
作。时年三十九。见《稼轩词编年笺注》。蔡义江、蔡
国黄以为有早年情调,应作于乾道元年至二年(1165—
1166),在漫游期间。时年二十六、七,见《稼轩长短句
编年》。二说供参考。

这首词题称"送人",乃借送别机会向友人剖露心
迹,表现自己对于社会人生包括官场的看法。

上片写送别。首二句直说别情并劝告友人,谓不可
将功名看得太重,还是身体要紧。阳关,即依据王维
《送元二使安西》诗谱写之《阳关三叠》。此指一般送别
歌曲。余事,多余的事,或次要的事。二句道别,带有一

般应酬之意。次二句设想别后情景。二句对仗、并列，将场景铺开。"浮天水送无穷碧"，这是舟船行进中所见途中景象。谓友人启程后，快速行驶，很快就消失在水天连接处，一路上，无数树木夹岸欢送。"带雨云埋一半山"，这是行进中所出现的云山景象。谓两岸青山时而被云雾遮住，时而从云雾中露出脸来。二句展现场景，同时体现动态，将友人此去的前景表现得无比阔大。

下片发议论。换头三句变换句法形式，并变换道别内容。谓古往今来，怨恨之事千千万万，不应当把人与人之间的离合聚散当作悲哀与欢乐的出发点。这是一般议论，带有轻别意思。歇拍二句承接前三句，谓"人间行路难"，才是最让人担心的。江头风波恶，这是自然现象，似可提防，而"人间行路难"，这种人为的"难"，才是最险恶的。这里所说，除了指人情反覆外，当主要指仕途凶险。这当是作者的自身体验。二句所发议论，由一般转入个别。其中所说，既是作者的自身经验，又具有一定的针对性。这是针对友人即将踏上另一人生险途所发的议论。于是，词章由送别、轻别，到感叹"人间行路难",其用意表现得甚为曲折。

全词所写,语重心长,情感甚是真挚诚恳。

满 江 红

江行简杨济翁周显先[1]

过眼溪山,怪都似、旧时曾识。还记得、梦中行遍,江南江北。佳处径须携杖去,能消几緉平生屐[2]。笑尘劳、三十九年非[3],长为客。

吴楚地,东南坼[4]。英雄事,曹刘敌[5]。被西风吹尽,了无尘迹。楼观才成人已去[6],旌旗未卷头先白。叹人间、哀乐转相寻,今犹昔。

① 杨济翁:名炎正,江西吉水(今江西庐陵)人。杨万里族弟。宋宁宗庆元间,年五十二登第。任吏部阁架。嘉定间改大理司直,并历守藤、琼等州。周显先:名籍未详。

② 能消句:《世说新语·雅量》载:阮孚好屐,人见其"自吹火蜡屐",叹曰:"未知一生当着几量(两)屐。"此化用其意,谓

能着几两屐以尽溪山之兴。

③ 三十九年非：套用《淮南子·原道训》语："蘧伯玉年五十而有四十九年非。"作者时年三十九。

④ 吴楚二句：语见杜甫《登岳阳楼》："吴楚东南坼,乾坤日夜浮。"

⑤ 英雄二句：用曹操、刘备故事。《三国志·蜀志·先主传》："是时曹公从容谓先主曰：'今天下英雄,唯使君与操耳,本初之徒,不足数也。'先主方食,失匕箸。"

⑥ 楼观句：苏轼《送郑户曹》："楼成君已去,人事固多乖。"此借以感叹孙权事。

这首词作于宋孝宗淳熙五年(1178),由大理寺少卿,出为湖北转运副使,在扬州。时年三十九。

这首词辑入黄昇《花庵词选》(《中兴以来绝妙词选》),题作"感兴",乃一首咏怀词。

上片由溪山落笔,写江行时之所见、所感。谓溪山从眼前经过,却好像旧曾相识一般。这是江行所见实景。不说我过溪山,而说溪山过我。与"看山恰似走来迎。子细看山山不动，是船行"同一机杼。而且不说今时相识，而说旧时曾识，将实景与虚景合在一起写，当也是有意安排。这写的是当前情事，即江行中之第一感觉。而"还记得"，则引入以往情事，谓行遍江南江北，明说"梦中"，与"平生塞北江南"同一用意，但亦可理解为现实，依旧将实景与虚景合在一起写。实与虚的结合，可能为着暗示作者并非为溪山而写溪山。接着返回当前，谓平生能消几纳屐，一有佳山水（好去处），就当携杖往游，说的似乎偏重于溪山。而谓风尘劳碌，长为客，笑自己四十方知三十九年非，说的又似乎并非溪山。但是，二者合在一起看，却明显表示作者乃将溪山当尘世来写。这当是江行中之第二感觉。

下片说尘世。由吴楚落笔，先说历史，后说现实。其经行之地，乃历史上伟大人物建功立业之地，这就是三国时代的东吴。其英雄业绩，只有曹操与刘备才可与之匹敌，所说显然为吴主孙权。这是作者所崇拜的历史人物。江行至此，想到孙权，这是非常自然的。而谓当时一切，已经"被西风吹尽"，所谓功业，也都"了无尘迹"，这是对于尘世中历史陈迹的哀悼。说明历史上的伟大人物，像"过眼溪山"一样，很快就看不见。这当是江行中之第三感觉。

接着说楼观，由历史转入现实。楼观才成，人已离去。既包含着对于历史人物之追思，又带有现实意义，即已将现实中之作者自身推将出来。所以旌旗句即专说自身，谓尚未施展宏图大略，则头已先白。现实中作者自伤老大，既体现其对于建功立业的一种迫切感，又表现一种失落感。尽管历史上伟大人物建功立业之地，就从自己脚下经过，但是而今想在此地建立一番功业，却是难上加难。这其中，当包含作者十几年实际体验在内。所以最后将古与今合在一起写，以为哀乐相寻，这是人世间无法违反的规则。这是由古今尘世所谓兴盛与衰亡以及成功与失败之不断转换过程中所得出的结论，也是经历溪山与尘世所得出的结论。作者以词代简（柬），所要告诉友人（杨、周二氏）的事就在于此。这当就是江行中之第四感觉。

总之，所谓"过眼溪山"，也就是过眼尘世。江行看溪山,阅尘世,其感觉步步深入,不断升华。其怀抱,也就明白地表现出来。

摸鱼儿①

淳熙己亥,自湖北漕移湖南②,
同官王正之置酒小山亭③,为赋。

更能消、几番风雨,匆匆春又归去。惜春长怕花开早,何况落红无数。春且住。见说道、天涯芳草无归路。怨春不语。算只有殷勤,画檐蛛网,尽日惹飞絮。　　长门事④,准拟佳期又误。蛾眉曾有人妒,千金纵买相如赋,脉脉此情谁诉。君莫舞。君不见、玉环飞燕⑤皆尘土。闲愁最苦。休去倚危栏,斜阳正在,烟柳断肠处。

① 摸鱼儿:唐教坊曲。又名《山鬼谣》、《安庆摸》、《陂塘柳》、《买陂塘》、《摸鱼子》、《迈陂塘》、《双蕖怨》。

② 自湖北漕移湖南:由湖北转运副使改湖南转运副使。漕,
  即漕司,掌管一路或数路军需粮饷之贮存与运输。

③ 王正之:即王正己(1118—1195),字正之,明州人。淳熙六
  年(1179)六十二岁,继辛氏为湖北转运副使。小山亭:湖
  北漕署官衙内之小亭园。《舆地纪胜·荆湖北路·鄂州》:
  "小山亭在东漕衙之乖崖堂。"

④ 长门事:汉武帝陈皇后故事。《文选·长门赋序》:"孝武
  皇帝陈皇后,时得幸,颇妒,别在长门宫,愁闷悲思,闻蜀郡
  成都司马相如天下工为文,奉黄金百斤,为相如、文君取
  酒,因于解悲愁之辞。而相如为文以悟主上,皇后复
  得幸。"

⑤ 玉环飞燕:唐代杨贵妃与汉代赵飞燕。二人皆得宠幸,又
  皆没有好下场。事见《新唐书·后妃传》和《汉书·外戚
  列传》。

  这首词作于宋孝宗淳熙六年(1179),在湖北转运
副使任上。时年四十。

  罗大经《鹤林玉露》引述此词,题称"晚春",我看有
一定道理。这是词章的题材,即内容,而寓意即是进一

步深化与提高。读此词,不能离开这一题材基础。

先说内容构成,即材料(题材)的分配与组合。

上片说春匆匆归去,这是晚春的标志,为布景。下片写美人的苦闷心情和不满情绪,这是与晚春相关的社会人事,为说情。上下片所写有明显分工。但是,对于春归过程之种种景象描述,并非客观展示,而是通过美人一系列流动着的意识加以安排与布置,即一切都由美人心中及眼中写出。而且美人之所想,包括苦闷与不满,都完全为着匆匆归去之春天。这一切,又使得上下片所写紧密联系在一起。这是分中明显的合。

有关分与合,以铺叙方法进行,但又多所变化,颇富姿彩。例如说春之归去,除了开篇所写为总叙外,谓"更能消",谓"匆匆",谓"又",这是美人对于春归的总观感。接着所写,即依据美人惜春、留春、怨春之意识流动,分为三个层次,逐步展开。"长怕花开早",为平日惜春的愿望,"落红无数",为眼前春归的实景。愿望与现实,形成鲜明对照,惜春之情表现得甚为激烈。这一铺叙,已见波澜。至"春且住"三字一喝,激起更大波澜——"见说道，天涯芳草无归路"，谓天涯芳草阻挡了春天的归路，气氛似稍和缓。此为留春，一扬一抑，跳跃动宕。"怨春"三句，谓春天留不住，却默不作声，甚是恼人，只有画檐蛛网，总算多情，还为我留下一点残春的痕迹。其写怨春，亦甚曲折宛转。

三个层次，总说一个"怨"字。"长怕……何况……"，其中隐含着怨意；"春且住"、"见说道……"，怨而怒矣，已甚咄咄逼人；"怨春无语"，明说"怨"，却将话题宕开，转而说蛛网留春。三个层次的铺叙，笔法多变，波澜起伏，具有一种回肠荡气的感人力量。

下片写美人，揭示"怨"的根源，提供"怨"的依据，笔法也与上片不同。谓"蛾眉曾有人妒"，谓"玉环飞燕皆尘土"，同为历史故事，但用意不同。一用以述说自身遭遇，一用以警告邀宠误国者。一正一反，从两个不同角度，揭示其内心忧虑——担心"佳期又误"。这当就是"怨"的根源。而中间之"君莫舞"，又一喝，既照应上片之"春且住"，又加重警告力量。正反铺叙，同样显示波澜。最后谓"闲愁正苦"，以一"愁"字，应合上片所说"怨",全篇内容,因此合成。

以上为"晚春"之全部内容。再说寓意,这是词章所写之实际体现。除了以之寄寓身世,即以美人自比,写美人深刻寄寓其身世之感外,所写晚春景象,诸如"休去倚危栏,斜阳正在,烟柳断肠处",自然物象与社会事相必当有一定联系。亦即词章所写晚春景象,其中必当包含着作者对时势与国势之观感。这就是词章的寓意。这一切,可以通过作者所处环境及其身世加以考察,但是也不宜无限上纲,将寓意说死。

木 兰 花 慢①

席上送张仲固帅兴元②

汉中开汉业③,问此地,是耶非?想剑指三秦④,君王得意,一战东归。追亡事⑤,今不见,但山川满目泪沾衣⑥。落日胡尘未断,西风塞马空肥。　　一编书是帝王师⑦。小试去征西。更草草离筵,匆匆去路,愁满旌旗。君思

我,回首处,正江涵秋影雁初飞⑧。安得车轮四

角⑨,不堪带减腰围⑩。

① 木兰花慢：为《木兰花》所增衍的慢词调式。始见柳永《乐
   章集》。

② 张仲固：张坚,字仲固。时任江西转运判官。兴元：即兴
   元府,在今陕西汉中附近。秦汉时为汉中郡,唐改兴元。
   张氏于淳熙八年(1181)出任兴元府知府。

③ 汉中句：秦亡后,刘邦据有汉中开创汉代帝王基业。

④ 三秦：在今陕西一带。秦亡后,项羽将秦国之地分封秦国
   三降将,称为三秦。

⑤ 追亡事：指萧何追韩信事。见《史记·淮阴侯列传》。

⑥ 但山川句：用李峤《汾阴行》"山川满目泪沾衣"成句,谓因
   国土沦丧感悲伤。

⑦ 一编句：《史记·留侯世家》："良尝闲,从容步游下邳圮
   上。有一老父,出一编书,曰：'读此,则为王者师矣。'旦
   日,视其书,乃《太公兵法》也。"后良助刘邦定天下。此用
   以勉仲固。

⑧ 正江涵句：用杜牧《九日齐山登高》"江涵秋影雁初飞"成

句,寓别情。

⑨ 车轮四角:车轮生角,谓不能行,表惜别。陆龟蒙《古意》:
　　"君心莫淡薄,妾意正栖托。愿得双车轮,一夜生四角。"

⑩ 带减腰围:指消瘦。沈约《与徐勉书》:"老病百日,数围革
　　带尝应移孔,以手握臂,率计月小半分。"杜甫《伤秋》:"懒
　　慢头时栉,艰难带减围。"

　　这首词作于宋孝宗淳熙八年(1181),在江西安抚
使任上。时年四十二。

　　这是一首送别词。上片以赋体铺叙,用了一系列历
史故事,以古喻今,叙写对时局的看法。下片以张良佐
汉事相勉,正面写道别。用典切合本地风光,旨在为今
人今事服务。

　　张坚字仲固,绍兴二十四年(1154)进士,即将前往
兴元任职。兴元即兴元府,在今陕西汉中附近。这是刘
邦据以开创帝王基业的地方。而今张氏即将前往任职
之兴元,即"此地",是否即为当时之汉中。开篇设问,
将古与今联系在一起。但此设问,并非为着证实兴元之

地理位置,而在于借以前故事与眼下偏安江左之局面相比较,以提醒注意,引起思考。其讽今之意已十分明显。接着,进一步追述往事,谓楚汉分立,汉高祖(刘邦)君臣如何善于用人,共图帝业,而感叹今不如昔,不再见有"追亡事"。其讽今之意,更是十分明确。然后,其讽刺矛头直接针对现实,谓异族不断入侵("落日胡尘未断"),宋廷不战而和("西风塞马空肥"),希望改变这一现实。古今之人与事,都发生在汉中(兴元)。这就是本地风光。下片转入道别,亦用其本家事迹,以相劝勉。谓张良凭着一编书,成为帝王师,意在勉励张氏效法张良,为国立功。

全词所写既为道别,同时又曲折抒写出自身怀才不遇之苦闷及建立功业之抱负,甚为动人。

满 江 红

倦客新丰①,貂裘敝②、征尘满目。弹短铗③、青蛇三尺④,浩歌谁续? 不念英雄江左老,用之可以尊中国。叹诗书、万卷致君人⑤,翻沉陆⑥。　　休感慨,浇醽醁⑦。人易老,欢难足。有玉人怜我⑧,为簪黄菊。且置请缨封万户⑨,竟须卖剑酬黄犊⑩。甚当年、寂寞贾长沙⑪,伤时哭。

① 倦客新丰:《新唐书·马周传》:"马周字宾王。舍新丰逆旅,主人不顾,命酒一斗八升,悠然独酌,众异之。"此以马周自喻。新丰,故城在今陕西临潼东。

② 貂裘敝:《战国策·秦策》(一):"苏秦始将连衡说秦惠王……书十上而说不行。黑貂之裘敝,黄金百斤尽。"借指落拓之状。

③ 弹短铗:《战国策·齐策》(四):"齐人有冯谖者,贫乏不能自存,使人属孟尝君,愿寄食门下,孟尝君笑而受之。……居有顷,倚柱弹其剑歌曰:'长铗归来乎,食无鱼。'"

④ 青蛇三尺:指宝剑。郭元振《宝剑篇》:"精光黯黯青蛇色,文章片片绿龟鳞。"

⑤ 叹诗书句:杜甫《奉赠韦左丞丈二十二韵》:"读书破万卷,

下笔如有神。……致君尧舜上，再使风俗淳。"

⑥ 沉陆：喻国土沦亡。

⑦ 醽醁：亦作酃渌，酒名。盛弘之《荆州记》："渌水出豫章康乐县，其间乌程乡有酒官，取水为酒，酒极甘美，与湘东酃湖，年常献之，世称酃渌酒。"

⑧ 玉人怜我：语出苏轼《千秋岁》："美人怜我老，玉手簪金菊。"

⑨ 请缨：喻挥军报国。《汉书·终军传》："南越与汉和亲，乃遣军使南越，说其王。欲令入朝，比内诸侯。军自请受长缨，必羁南越王而致之阙下。"缨，绳子。

⑩ 卖剑酬黄犊：将卖剑的钱作为买牛的酬款。典出《汉书·龚遂传》。

⑪ 甚当年二句：贾长沙，贾谊。因曾贬为长沙王太傅，故称。

　　这首词作于宋孝宗淳熙七年（1180），在湖南安抚使任上。时年四十一。

　　这首词说"伤时哭"，即为不争气的时代悲伤、痛哭。既说得很直接，一看就明，又说得很委婉，容易产生错解。必当细加寻绎，才能切实领会。

上片说英雄遭遇。谓倦客新丰，衣衫破旧，满目征尘，谓无鱼、无车、无家，倚柱弹铗而歌，都是未受赏识时的遭遇。说古人，包括苏秦、马周及冯谖，乃为着今人，包括作者自身。这是很明白的。接着说及当前形势。谓英雄人物，在江左老去，无人顾惜，如授之以大任，当可以使国家富强起来，包括抗御入侵之敌，并谓胸有万卷诗书，要使君王成为尧舜之君之一班志士仁人，反而沉沦下僚。意即今日英雄之受冷遇，完全由时代所造成。这也是很明白的。

过片四句，承上启下。"休感慨，浇醽醁"，这是针对"翻沉陆"而说的。意即既然不受重视，派不上用场，那就不必悲伤，只管开怀痛饮。"人易老，欢难足"，由社会说及人生，以为当及时行乐。既可看作是对于时代的抗拒，又可看作是受冷遇后的出路。此为一大转折。接着即从"欢"字落笔，一一列叙欢娱之事。"有玉人怜我"，不必自伤老大；"卖剑酬黄犊"，可以乐业安居。说明人生苦短，应当惜取眼前人，将功名、事业姑且搁置一旁。说得颇为实在，亦当为其现实处境之真实体现。所以最后说，有如此难得之乐事可以尽情欢娱，真不明白贾谊当年，竟要为时势而感伤，一再痛哭流涕。——从"休感慨"开始，一路说来都是欢娱之事，而且层层加码，由美酒说到美人，说到不必挥戈苦战，一事比一事欢娱。因此，直到最后，即将古人之一大不欢娱事全盘推倒，这当是词章所表达的意思，即不伤时。而对于伤时之古人，感到不好理解。

上下片合起来看，一则说遭遇，表示伤时；一则说欢娱，表示不伤时，似乎互相对立，实则不然。因为上片说伤时，乃直话直说，而下片说不伤时，则正话反说，上下所说完全一致，即伤时。这就是说得委婉的一种具体方法，所谓"稼轩佳处"，也正体现于此。

满 庭 芳①

和洪丞相景伯韵②

倾国无媒③，入宫见妒，古来辇损蛾眉④。看公如月，光彩众星稀⑤。袖手高山流水⑥，听

群蛙、鼓吹荒池⑦。文章手,直须补衮⑧,藻火
粲宗彝⑨。　　痴儿公事了⑩,吴蚕缠绕,自吐
余丝。幸一枝粗稳⑪,三径新治⑫。且约湖边
风月,功名事、欲使谁知。都休问,英雄千古,
荒草没残碑。

① 满庭芳:宋人创调。见晏几道《小山乐府》。又名《江南
　　好》、《话桐乡》、《满庭花》、《满庭霜》、《锁阳台》、《潇湘夜
　　雨》、《潇湘雨》、《满庭芳慢》。

② 洪丞相:洪适(1117—1184)字景伯,号盘洲,鄱阳(今江西
　　鄱阳)人。乾道时官居丞相。

③ 倾国无媒:有倾国姿色而无人引荐。韩愈《县斋有怀》:
　　"谁为倾国媒,自许连城价。"

④ 入宫二句:屈原《离骚》:"众女嫉余之蛾眉兮,谣诼余以
　　善淫。"

⑤ 看公二句:《淮南子·说林训》:"百星之明,不如一月
　　之光。"

⑥ 高山流水:《列子·汤问》载伯牙善鼓琴,志在高山流水。

此谓洪氏归隐,怡情山水。

⑦ 群蛙、鼓吹:南齐孔稚珪不乐世务,居宅盛营山水。门庭之
内,草莱不剪。中有蛙声,稚珪以此当两部鼓吹。

⑧ 补衮:指匡佐君王。《诗经·大雅·烝民》:"衮职有阙,维
仲山甫补之。"衮,帝王衮龙衣。

⑨ 藻火:皆衣饰图形。宗彝:帝王龙服图形。《尚书·益
稷》:"予欲观古人之象:日月星辰,山龙华虫,作会宗彝。
藻火粉米,黼黻绨绣,以五采彰施于五色,作服。"

⑩ 痴儿句:《晋书·傅咸传》:"杨骏弟济素与咸善。与咸书
曰:'生子痴,了官事,官事未易了也。'"黄庭坚《登快阁》:
"痴儿了却公家事,快阁东西倚晚晴。"

⑪ 一枝粗稳:《庄子·逍遥游》:"许由曰:'鹪鹩巢于深林,不
过一枝。'"庾信《小园赋》:"若夫一枝之上,巢父得安巢
之所。"

⑫ 三径新治:指隐居之所。陶渊明《归去来辞》:"三径就荒,
松菊犹存。"

　　这首词作于宋孝宗淳熙八年(1181),在江西安抚
使任上。时年四十二。

这首词明白标榜"和洪丞相景伯韵"。洪丞相景伯,即洪适,曾拜尚书右仆射、同中书门下平章事兼枢密使,时年"六旬过四"(洪适原唱中语)。辛丑(1181)春日,洪氏作《满庭芳》二首,描述其"老来光景",颇有些"壮怀销铄"之感。作者依原韵连和三叠,叙说其观感。这是其中一首。

词章既为和作,自然应切中对方本事。论者以为:"全词赞誉与劝慰交错,应遇与不遇相间,比兴与豁达呼应,悲愤深沉,实辛词中的佳篇。"(汪诚《稼轩词选析》)谓全词都说对方,我看未必。

洪适于宋高宗绍兴十二年(1142)与弟遵同中博学宏词科,时年二十六。孝宗乾道元年(1165)年四十九,官至丞相。五十那年先降后升,仍然是一位地方大员。此后即乞退,闲居十六年,直至于老去。所谓"遭时遇主"(《宋史·洪适传》语),应遇时已遇。论者以为,"应遇与不遇相间"恐有未妥。至于词章所云"幸一枝粗稳,三径新治",论者指此乃"谓洪适幸得隐居之所,生活初步安定",并谓"稳(隐)居之所刚为修理好"(汪诚语),亦欠妥。因此时洪氏已隐居多年,而且所用语气与所谓赞誉或劝慰似亦不甚相合。论者所说,即为一种错解。

另谓此词所写内容或材料,包括赞誉与劝慰两个方面,大致不错。但笼统地以"交错"或"相间",对有关内容或材料进行简单的划分及判断,也并不妥当。例如开篇比兴,指贤才遭妒,自古皆然。论者以为"既悲洪氏,亦自悲壮志难酬"(汪诚语),这是合适的。但将以下所写内容或材料全部安放在洪氏身上,就不甚合适。因为词章尽管将有关内容或材料分为上下片两个部分加以表述——上片赞誉,下片劝慰,这是依照宋词基本结构模式(宋初体模式)进行安排的,但因此词乃和作,而且又是通过此和作叙说观感,却不能在我方与对方之间将有关内容与材料截然分开。这就是说,不单止开篇,将双方遭遇一起写,即使以下说归隐——"听群蛙、鼓吹荒池",说补衮,说"自吐余丝",说休问功名,都不是只为对方而设。论者以为以上各事均专指洪氏,同样也是一种误解。

沁 园 春①

带湖新居将成②

　　三径初成,鹤怨猿惊③,稼轩未来。甚云山自许,平生意气,衣冠人笑,抵死尘埃④。意倦须还,身闲贵早,岂为莼羹鲈脍⑤哉。秋江上,看惊弦雁避⑥,骇浪船回。　　东冈更葺茅斋⑦。好都把、轩窗临水开⑧。要小舟行钓,先应种柳;疏篱护竹,莫碍观梅。秋菊堪餐⑨,春兰可佩⑩,留待先生手自栽。沉吟久,怕君恩未许,此意徘徊。

① 沁园春:宋人创调。见苏轼《东坡乐府》。又名《东仙》、《念离群》、《洞庭春色》、《寿星明》。

② 带湖:在信州府城北灵山下(今江西上饶茶山寺东)。

③ 鹤怨猿惊:孔稚珪《北山移文》:"蕙帐空兮夜鹤怨,山人去兮晓猿惊。"

④ 衣冠二句:谓人笑衣冠总是沾满尘埃。白居易《游悟寺》:

"斗擞尘埃衣,礼拜冰雪颜。"

⑤ 莼羹鲈脍:见《水龙吟》("楚天千里清秋")注。

⑥ 惊弦雁避:此用《战国策·楚策》"更赢虚发而落雁"故事,谓鸿雁听到弓弦响即速逃避。

⑦ 葺:修缮。茅斋:茅草屋舍。

⑧ 轩窗临水开:门窗对着湖面开。陆游《老学庵笔记》(六):"会稽镜湖之东,地名东关,有天花寺。吕文靖尝题诗云:'贺家湖上天花寺,——轩窗向水开。'"

⑨ 秋菊堪餐:语出《离骚》:"朝饮木兰之坠露兮,夕餐秋菊之落英。"

⑩ 春兰可佩:语出《离骚》:"扈江离与辟芷兮,纫秋兰以为佩。"

这首词作于宋孝宗淳熙八年(1181),在江西安抚使任上。时年四十二。

词章题称"带湖新居将成",所说乃有关进退大计。即其于未退之时,已经为自己营造新居——带湖庄园,安排退路,而新居将成,却未有退意,即尚未归来。这究竟是怎么一回事?词章揭示了这一奥秘。

　　就作法上讲，这可看作是一首言事词，即言其新居将成时之种种情事。开篇所谓"三径初成"，点明新居即将建造完成，而此时主人仍未归来，因此弄得"鹤怨猿惊"。这是总叙，说自己此时尚无退意。词章所写，就是这一意思。以下为分叙，依照三个层次，将有关情事，一一加以列述。三个层次打破上下片界限，完全以散文笔法进行敷演与陈列。因此，这也可看作是辛词中以文为词的典范。

　　三个层次之第一层次，不说"未来"原因，而说"来"的原因。"来"的原因计三项：一为平生意愿，谓向来即以云山自许，而今于宦海浮沉，衣冠沾满尘埃，并非所愿。二为亲身经验，谓浮沉宦海，已经厌倦；意欲归来，乃想早得清闲，并非为着莼羹鲈脍。三为环境所迫，谓"惊弦雁避，骇浪船回"，当与其"年来不为众人所容，顾恐言未脱口而祸不旋踵"（《淳熙己亥论盗贼札子》）之恶劣处境有关，即表明必须激流勇退。三项原因表明退意，可当成对于"鹤怨猿惊"之回应。这是上片，只表述一层意思。下片说第二、第三层意思。前九句说"来"

的计划,从东冈修葺茅斋、将轩窗临水开,到种柳、护竹、栽培秋菊、春兰,说得十分周全。诸项计划进一步表明退意,也是对于"鹤怨猿惊"之回应。第一、二层次都说退,似乎意志甚坚定。但最后三句,即第三层次,说"未来"原因,即"君恩未许",表明不退,却将以上全盘否定。如果说第一、二层次所说,乃从退的角度对于鹤与猿之"怨"与"惊"加以回应,那么应该说第三层次乃从进的角度加以回应,而且第三层次之最后回应,力量也比第一、二层次来得大。不退,才是作者真实思想,这是与其想当大官、干大事业之雄心壮志密切相关的。因此,这也就是新居将成而主人未来之奥秘所在。

祝 英 台 近①

晚 春

宝钗分②,桃叶渡③,烟柳暗南浦④。怕上层楼,十日九风雨。断肠片片飞红,都无人管,更谁劝、啼莺声住。　　鬓边觑。试把花卜归期⑤,才簪又重数。罗帐灯昏,哽咽梦中语。是他春带愁来,春归何处,却不解、带将愁去⑥。

① 祝英台近:宋人创调。见苏轼《东坡乐府》。又名《月底修箫谱》、《英台近》、《祝英台》、《寒食词》、《燕莺语》、《宝钗分》等。

② 宝钗分:分钗赠别。将钗分成两半,作为离别纪念。陆罩《闺怨》:"自怜断带日,偏恨分钗时。……欲以别离意,独向蘼芜悲。"

③ 桃叶渡:王献之与妾作别处。在南京秦淮河与青溪合流处。后泛指与情人分手处。

④ 南浦:泛指送别地。江淹《别赋》:"春草碧色,春水绿波。送君南浦,伤如之何。"

⑤ 花卜归期:疑指细数花瓣预测归期。

⑥ 是他三句:刘克庄《后村诗话》前集(一):"崔陶《送春诗》云:'今日已从愁里去,明年更莫共愁来。'稼轩词云:'是他春带愁来,春归何处,却不解和愁将去。'虽用前语而反胜之。"

这首词作年无可确考。邓广铭《稼轩词编年笺注》以为似中年居官时所作,将之列归宋孝宗淳熙八年(1181)所作之后。蔡义江、蔡国黄《稼轩长短句编年》以为作于淳熙五年(1178),在临安大理少卿任上。时年三十九。

这首词说闺怨,是否另有所指,如张惠言所云,"伤君子之弃","恶小人得志",或讽刺赵、张之流(《词选》)?又是否另有本事,如张端义所云,因吕正己之女而作(《贵耳集》卷下)?似不必深究。就词论词,所谓"温柔缠绵,一往情深"(唐圭璋《唐宋词简释》),其情趣、韵味更值得把玩。

词作说闺怨,尽管未曾摆脱惜春、怨春、离愁、别恨那一套,但因用语、用情不一样,其所体现风韵及感人效果,也就不同。例如上片说晚春送别及别后情景,在布置、安排景物的过程中,一般作者常以柔语写柔情,将断带分钗场面写得令人"魂销意尽"。但此词则不然。它以重语写柔情,景物布置、安排突出一个"暗"字。谓重重烟柳,迷濛笼罩,使得分手处——与君相别之南浦显得一片昏暗。既切合晚春景象，又是其时心境之体现。这是别时场景。接着说及别后情景，由风雨、飞红、啼莺，或虚或实，渐次推出。谓分别之后，怕上层楼，不愿意见到因十日九风雨所造成的残败景象。而且更加令人不堪的是，落红遍地，无人收拾，黄莺叫唤，无人阻止。所谓景语、情语，分量都十分沉重。因而经此层层加码，别后情景之昏暗程度，达到了比别时更无以复加之程度。这是别后情景。由于所用乃重语，因使得此词所写之别时场景与别后情景，"于风情中时带苍凉凄厉之气"（陈匪石《宋词举》卷上）。这就是此词与众不同之处。

又如下片说思念情景，即别情或怨情，其用情之方法及深浅程度，同样也颇多讲究。即不直说，而以人物行为及语言加以表现。谓其偷偷地斜视（觑）鬓角上所簪花枝，"试把花卜归期"，反反复复，将此动作进行了好几次；并谓其于梦中呜咽自语，埋怨春天不将忧愁与烦恼带走。其行为及语言也许前人已曾道及，如陈鹄指出："余谓后辈作词，无非前人已道底句，特善能转换尔。……辛幼安词：'是他春带愁来，春归何处，却不解、带将愁去。'人皆以为佳。不知赵德庄《鹊桥仙》词云：'春愁元是逐春来，却不肯随春归去。'盖德庄又本李汉老《杨花》词：'暮地便和春，带将归去。'大抵后之作者，往往难追前人。"（《西塘集耆旧续闻》卷二）但是，作者之转换，因不单着眼于字面，而乃着眼于情，即着眼于表现其思念之情，其忧愁与烦恼，已达到痴迷的程度，故"虽用前语而反胜之"（刘克庄语）。这也就是此词之另一与众不同之处。

三、置散投闲的两个十年(1182—1202)

宋孝宗淳熙八年(1181)冬,辛弃疾遭弹劾,解官而归。淳熙九年(1182),定居上饶(今属江西),开始置闲生涯。时四十三岁。此后,至宋宁宗嘉泰二年(1202),除了光宗绍熙三年(1192)至五年(1194)曾出任福建提点刑狱和安抚使外,前后十八年,一直隐居在江西上饶城外的带湖和铅山东北与上饶邻接的期思渡旁边的瓢泉两地。

带湖、瓢泉,皆为辛氏所精心经营。带湖居第,淳熙七年(1180)始构建,时任湖南安抚使。至淳熙八年,新居落成,号称"稼轩"。洪迈有《稼轩记》记其盛曰:"国家行在武林,广信最密迩畿辅。东舟西车,蜂午错出,势处便近,士大夫乐寄焉。环城中外,买宅且百数。……
郡治之北可里所,故有旷土存,三面傅城,前枕澄湖如宝
带。其纵千有二百三十尺,其横八百有三十尺。截然砥
平,可庐以居,而前乎相攸者皆莫识其处。天作地藏,择
然后予。济南辛侯幼安最后至。一旦独得之,虽筑室百
楹,度财占地什四。乃荒左偏以立圃,稻田泱泱,居然衍
十弓。意他日释位得归,必躬耕于是,故凭高作屋下临
之,是为稼轩。而命田边立亭曰植杖,若将真秉耒耨之
为者。东冈西阜,北墅南麓。以青径款竹扉,锦路行海
棠。集山有楼,婆娑有堂,信步有亭,涤砚有渚,皆约略
位置,规岁月绪成之,而主人初未之识也。绘图畀予曰:
'吾甚爱吾轩,为吾记。'……侯名弃疾,今以右文殿修
撰再安抚江南西路云。"有关记述,既可见其规模,又揭
示其奥秘。以为于此构建居第,应与进退相关。因此地
靠近行在,交通方便,随时可得照应。士大夫乐寄焉,辛
氏亦不落伍。辛氏在此居住十二年。期间又买下期思
渡周氏产业——瓢泉,构建第二处居第。第二处居第规
模如何,未可得知,但辛氏由带湖迁此,前后居住八年时

间,应当亦甚可观。

罗忼烈有《漫谈辛稼轩的经济生活》一文,谓辛氏位不尊而多金,两处居第,两座大庄园,经济来源令人怀疑。这是词界所不愿正视的问题。但是,为著实事求是地对待其人其词,似不当为尊者讳,因特别提请留意这一问题。

此番置闲,自四十三至六十三,正当盛年。南归以后,做官与不做官,一半对一半。而歌词创作则以这二十年为最丰盛,乃平生创作之成熟期。除了帅闽时所作,邓广铭将其收归带湖之什及瓢泉之什。带湖之什二百二十八首,瓢泉之什二百二十五首,合计四百五十三首,占全部词作之七成有余。稼轩佳处,于此得到充分体现。而这所谓佳处,仍须与此前两个十年进行比较,方才领悟得到。

此前两个十年,就仕途上看,第一个十年应当比第二个十年来得顺利。第一个十年,仕途平平,并无风波。第二个十年,有大官当,却多艰险。不过这两个十年,毕竟都在一定位置之上。心里头的话,不论无所顾忌或者有所顾忌，亦不论正说或者反说，一个方向，都指示得十分明确。而置闲二十年，不在其位，又想谋其政，心里头的话，或者由反得正，或者由正得反，就并非只是一个方向。例如第一个十年想恢复，就说恢复；想做官，就说做官。"大声鞳鞳，小声铿鍧。横扫六合，扫空万古。自有苍生以来所无。"谓之正。第二个十年，欲说还休，或者"敛雄心，抗高调，变温婉，成悲凉"，谓之反。所谓正与反，也就是正与反。但是置闲期间，有关正与反，就不能只看字面上意思。此前两个十年之正与反，也许许多歌词作家都做得到，此后二十年，亦正亦反，亦反亦正，见首不见尾，就并非一般作家所能做到。所谓稼轩佳处，就在于此。

这里，试以《水龙吟》为例加以说明。词曰：

> 玉皇殿阁微凉，看公重试薰风手。高门画戟，桐阴闻道，青青如旧。兰佩空芳，蛾眉谁妒？无言搔首。甚年年却有，呼韩塞上，人争问：公安否？

> 金印明年如斗。向中州、锦衣行昼。依然盛事，貂蝉前后，凤麟飞走。富贵浮云，我评轩冕，不

如杯酒。待从公痛饮,八千余岁,伴庄椿寿。

歌词借祝寿说功名富贵,以为韩氏(南涧)具有大才干、大本领,应当做大官,派大用场,尽享荣华富贵;又以为这一切皆"不如杯酒"。这是歌词大意,一般能够把握。但是,再深入一层,看其"无言搔首",推测内里之奥秘,就不易把握。正如某氏所推测,韩氏出山,既深得人心,恢复可望,可庆可贺,那么,又为何搔首无言呢?而且,既祝其富贵,又看轻富贵,其心中所想究竟是甚么呢?这一切,似乎都不宜只是凭借一面之辞,朝着一个方向进行考量。

此外,诸如"进退存亡,行藏用舍。小人请学樊须稼"(《踏莎行》"进退存亡");"把功名、收拾付君侯,如椽笔"(《满江红》"蜀道登天");"未应两手无用,要把蟹螯杯"(《水调歌头》"白日射金阙");"断吾生,左持蟹,右持杯"(《水调歌头》"君莫赋幽愤");"饭饱对花竹,可是便忘忧"(《水调歌头》"文字觑天巧")等等,究竟是正话正说,还是正话反说,反话正说?同样不宜只是凭借一面之辞,朝着一个方向进行判断。

仔细把握其"佳处",这是读辛氏置闲二十年间词的关键,应特别留意。

水 调 歌 头

汤朝美司谏见和,用韵为谢[1]

白日射金阙,虎豹九关开[2]。见君谏疏频上,谈笑挽天回[3]。千古忠肝义胆,万里蛮烟瘴雨[4],往事莫惊猜。政恐不免耳[5],消息日边来。 笑吾庐,门掩草,径封苔。未应两手无用,要把蟹螯杯[6]。说剑论诗余事[7],醉舞狂歌欲倒,老子颇堪哀[8]。白发宁有种[9],一一醒时栽。

[1] 汤朝美:名邦彦,镇江人。中乾道壬辰(1172)博学宏词科,曾官左司谏兼侍读。

[2] 虎豹句:屈原《招魂》:"魂兮归来,君无上天些。虎豹九关,啄害下人些。"此指把守九重宫门的神兽虎豹。

③ 谈笑句：谓汤氏入朝，"君臣之间，气合道同，言听谏行"（刘宰《漫堂文集·颐堂集序》）。

④ 蛮烟瘴雨：淳熙二年（1175）八月，汤氏使金。后以事（受金贵族贿赂）被谪，送新州（在今广东新兴）编管。

⑤ 政恐不免：语出《世说新语·排调篇》。二句谓虽然不想功名富贵，但将有被起用消息，来自朝廷。政，同正。不免，指不免出外做官，谋求富贵。

⑥ 未应二句：《世说新语·任诞篇》："毕茂世云：'一手持蟹螯，一手持酒杯，拍浮酒池中，便是了一生。'"此谓不信不被起用，终老乡间。

⑦ 说剑句：苏轼《与梁左藏会饮傅国博家》："将军破敌自草檄，论诗说剑均第一。"此谓"余事"，乃对被置闲表不满。

⑧ 老子句：《后汉书·马援传》："诸曹时白外事，援辄曰：'此丞掾之任，何足相烦。颇哀老子，使得遨游。'"此用以比喻自身处境。

⑨ 白发句：黄庭坚《次韵裴仲谋同年》："白发齐生如有种，青山好去坐无钱。"此谓"宁有种"，乃反其意而用之。

这首词作于宋孝宗淳熙九年（1182），在带湖，年四十三。

作者初到带湖新居，内心颇不平静，有同韵《水调歌头》三首，抒写其情形。此为其中一首。词章题为"汤朝美司谏见和，用韵为谢"，乃对于汤氏和作之回应。

上片赞颂汤氏，谓其凭着忠肝义胆，扣开九重宫门，入朝做官，并且谏疏频上，"谈笑挽天回"，政绩显赫，但是又遭贬谪，被逐于万里之外。说汤氏，应词题，但其中又有自身影子。因作者也曾有一番英雄业绩——"壮岁旌旗拥万夫"，并曾进献《美芹十论》及《九议》，希望能够挽回圣意，又同样被遗弃。而谓"政恐不免"，好消息却将来自日边，一方面劝慰对方，祝愿其再次做大官，一方面隐含着自己对做官的观感。说对方，亦说我方。此时作者内心十分矛盾，既对于显耀高贵利达者表示卑视，以为大丈夫可以不免，又等待日边消息，希望被起用，不必不免。总的倾向还在于做官。

下片说自己，先说被冷落的处境及心境，后说态度，内心仍然充满着矛盾。"笑吾庐，门掩草，径封苔。"此为处境,其遭受冷落之程度,显然比"车马稀"更加不堪,而"笑"字,则暴露心境,说明万分无奈。以下自我开脱。谓虽被冷落,被遗弃,但不应当自己冷落自己,自己遗弃自己。无用之两手,要用来持螯把杯,醉舞狂歌,方才令人倾倒;而说剑论诗,皆为余事。老夫而今,已不堪为外事而悲哀。因而,当可以安安心心在此茅庐中,继续狂歌醉舞。这是一个方面的意思,表示将安于现状,不思考茅庐以外的事。在"闲"之中,过其舒适生涯。所说乃我方境况,但也为着对方。希望能够从被冷落、被遗弃的困境中解脱出来。然而,这仅是一方面;另一方面,作者毕竟是一位希望干一番事业的人,亦即不愿意在狂歌醉舞中过生涯,其所谓"闲",也就显得并不舒适。所以最后说,白发于醒时栽,亦即表明这一情景。这一情景正与上结所谓想当大官之意相合。这就是说,在矛盾冲突中,作者依然得不到解脱;而矛盾冲突过程中所谓醉与醒,即为其对于现实处境的态度。这是下片,说自己,但也可以看作是对于汤所作另一种形式的回应。

临 江 仙 ①

即席和韩南涧韵 ②

风雨催春寒食近③,平原一片丹青。溪头唤渡柳边行。花飞蝴蝶乱,桑嫩野蚕生。绿野先生闲袖手④,却寻诗酒功名。未知明日定阴晴。今宵成独醉,却笑众人醒⑤。

① 临江仙:唐教坊曲名。又名《庭院深深》、《采莲回》、《画屏春》、《雁后归》、《想娉婷》、《瑞鹤仙令》、《鸳鸯梦》、《谢新恩》。

② 韩南涧:韩南涧(1118—1187),名元吉,字无咎,河南许昌人。徙居上饶,所居之前有涧水,故号南涧。曾任吏部尚书。政事及文学,皆为一代冠冕。

③ 寒食:节令名。指清明前一日(另说前二日)。此日有禁火冷食之俗,故称寒食。相传起于晋文公悼念介子推事。因介子推抱木自焚,即于是日禁火。

④ 绿野先生:即唐代宰相裴度。《新唐书·裴度传》载,裴度

于午桥作别墅,号绿野堂,激波其下。与白居易、刘禹锡等人优游其间。闲袖手:韩愈《祭柳子厚文》:"巧匠旁观,缩手袖间。"

⑤ 今宵二句:《楚辞·渔父》:"举世皆浊我独清,众人皆醉我独醒,是以见放。"

这首词作年末可确考。邓广铭《稼轩词编年笺注》将其列于《水龙吟》("渡江天马南来")之前,即宋孝宗淳熙十一年(1184)之前。蔡义江、蔡国黄将之定于淳熙九年(1182)。

这首词说的是一种被闲置的心境。为了"闲",特地说"忙",用"忙"进一步烘托"闲",并表示这种"闲"并非一般的闲。这是稼轩体的一种特别构造方法。

所谓"忙",既包括社会人生中的事相,又包括大自然中的物象。谓风雨催春,使得春天匆匆到来,寒食已经接近,整个原野红绿夹杂,也匆匆换上了新装。这是大自然的忙碌。谓溪头唤渡,人们匆匆在杨柳岸边行走。这是人在大自然中的忙碌。两种忙碌,似乎都很有秩序。而蝴蝶及野蚕，则忙得有点乱。但也并非没有规则。这也是自然界的忙碌。——这一切说明春天到来，万事万物，万分活跃，人间充满生机。这都是从"忙"中体现出来的。

所谓"闲"，主要说先生之闲。既包括主动退隐，效法裴度之韩南涧，又包括被迫退隐，效法屈原之作者自身。裴度不满阉竖擅威，退居绿野堂，昼夜与友把酒相欢，不问人间事，正与韩南涧处境相合。韩氏官至吏部尚书，出使过金，因不满朝政而退隐，此时正与作者同在信州闲置。这就是眼前的绿野先生。因此词为和作，自然当涉及原作作者，其中可能带有惋惜之意（汪诚《稼轩词选析》）。而且眼前的绿野先生，完全与裴度一样，尽日于诗酒中寻取功名。过一天，算一天，至于第二天的阴与晴，即全然不顾。这是韩氏之闲。而作者之闲，同样也离不开诗酒。只不过是一个主动，一个被动罢了。总之，二人都在极闲的环境中过日子。这就是先生之闲。

将世间万物之忙及大众之忙与先生之闲相对照，可见在作者看来，其所谓闲，一个闲得不应该，值得惋惜；一个则闲得无可奈何，颇有些不平。这是因为作者像屈原一样，积极入世，无论在什么情况下，都是闲得不舒适的。所以，最后反用屈原回答渔父的话，谓自己只能在醉中面对眼前的一切，其不平之鸣，则显得更加有力量。这就是所谓特别构造方法所产生的艺术效果。

洞　仙　歌[①]

开南溪初成赋

　　婆娑欲舞[②]，怪青山欢喜。分得清溪半篙水[③]。记平沙鸥鹭[④]，落日渔樵，湘江上、风景依然如此。　　东篱多种菊，待学渊明，酒兴诗情不相似。十里涨春波，一棹归来，只做个、五湖范蠡[⑤]。是则是、一般弄扁舟，争知道他家，有个西子。

① 洞仙歌：唐教坊曲。又名《洞仙歌令》、《羽仙歌》、《洞中

仙》、《洞仙词》、《洞仙歌慢》。

② 婆娑：即舞也。《诗经·陈风·东门之枌》："子仲之子，婆
娑其下。"此谓溪之形貌。

③ 半篙水：谓水之深度。苏轼《郓州新堂月夜》："池中半篙
水，池上千尺柳。"

④ 平沙鸥鹭：何逊《慈姥矶》："野雁平沙合，连山远雾浮。"

⑤ 五湖范蠡：范蠡，字少伯，楚国宛（今河南南阳）人。越为吴
败，随越王勾践赴吴为质三年。返越后助越王灭吴。其
后，"乘扁舟，出入三江五湖，人莫知其所适"（见《吴越春
秋》）。五湖，指太湖。又《越绝书》："吴亡后，西施复归范
蠡，同泛五湖而去。"

　　这首作于宋孝宗淳熙十年（1183），在带湖。时年
四十四。

　　这首词为南溪初成而赋。南溪初成，为稼轩庄园增
添一美丽景观。这是应当赞颂、应当欢喜的。但是，此
时此刻，作者心情究竟如何？我看并不那么欢喜。这是
可从词章布景、说情之过程，具体加以领悟的。

　　词章上片布景，一开篇即将南溪及青山推将出来。

南溪当是稼轩庄园以南的溪涧,经过开辟疏理,而今乃以婆娑欲舞之姿态从青山下奔流而过。绿水映衬着青山,使得青山更加妩媚。谓青山欢喜,作为庄园之主人公,能够据有清溪这半篙之水,自然也无不欢喜。这是对于南溪及其背景——青山的正面描绘。在此水与山的画景中,紧接着平添二景——平沙鸥鹭及落日渔樵。这当是眼前所见景象。但着一"记"字,却让人联系到潇湘八景之平沙雁落及渔村夕照二景。这是记忆中的景象,亦实、亦虚,使得水与山之画景显得更加美丽,所以说"湘江上、风景依然如此"。这是对于南溪及由南溪所构成画面的赞颂。说明对于初成之南溪,青山欢喜,人亦欢喜。

但是下片所说,则不欢喜。第一,尽管东篱之下,可多种菊花,学习渊明;但作者却希望做大官,发挥大作用。被迫归隐,酒兴诗情都与渊明不同。即渊明由屈到庄,作者却由庄入屈,被迫置闲,不能欢喜。第二,尽管十里春波,可泛舟漂游,学习范蠡;但作者却以为不如范蠡,因为他家中有个西子。这是不愿归隐的借口,同样表明不欢喜。

词章所写，由欢喜到不欢喜，其心情如何也就明显可知。

水 龙 吟

甲辰岁寿韩南涧尚书

渡江天马南来①，几人真是经纶手②。长安父老③，新亭风景④，可怜依旧。夷甫诸人，神州沉陆，几曾回首⑤。算平戎万里，功名本是，真儒事，公知否？　　况有文章山斗⑥。对桐阴⑦、满庭清昼。当年堕地，而今试看，风云奔走。绿野风烟⑧，平泉草木⑨，东山歌酒⑩。待他年整顿，乾坤事了，为先生寿⑪。

① 渡江句：指宋室南渡。

② 经纶手：即治国能手。《梁书·王瞻传论》："泊东晋王弘茂经纶江左，时人方之为管仲。"

③ 长安父老：指中原父老。

④ 新亭风景：《世说新语·言语》："过江诸人，每至美日，辄相邀新亭，藉卉饮宴。周侯中坐而歌曰：'风景不殊，正自有山河之异'皆相视流泪。"此谓南渡士大夫感叹山河变异。新亭，一名劳劳亭，故址在江苏江宁县南。

⑤ 夷甫三句：西晋末年宰相王衍字夷甫。喜清谈，专谋自保，导致西晋覆亡。《世说新语·轻诋》载桓温语："遂使神州陆沉，百年丘墟，王夷甫诸人不得不任其责。"

⑥ 文章山斗：《新唐书·韩愈传赞》："自愈之没，其言大行，学者仰之如泰山北斗云。"此用以称赞韩氏。

⑦ 桐阴：北宋时二韩氏并盛，一为相州韩氏，一为颍川韩氏。颍川韩氏于京城宅第门前多种桐树，世称"桐木韩家"。韩南涧有《桐阴旧话》十卷，记其家旧事。此用以称颂其家世。

⑧ 绿野：指唐宰相裴度别墅绿野堂。

⑨ 平泉：唐宰相李德裕别墅平泉庄。

⑩ 东山歌酒：东晋谢安曾寓居东山（今浙江上虞县西南）。《晋书·谢安传》："谢安寓居会稽，虽放情丘壑，然每游赏，必以妓女从。"

⑪ 待他年三句：杜甫《洗兵马》："二三豪俊为时出，整顿乾坤济时了。"

这首词作于宋孝宗淳熙十一年（1184），在带湖。年四十五。

这是一首寿词，原属于一般应酬之作。但作者却借贺寿机会，与早年为同僚、现暂寄寓信州之朋友韩南涧（元吉）尚书讨论国家大事。寿词变作言事词，祝颂语变作英雄语，颇能体现其本色。

上片言事。谓南渡以来，真正治国能手已不复多见。沦陷区人民（"长安父老"）盼望王师北伐，小朝廷当权者（"夷甫诸人"）不关心恢复大业，国土沦丧（"神州沉陆"），无人过问。这是当前大势，也是南渡以来宋金对峙总形势。为言事、贺寿之大背景。而谓"平戎万里"，才是吾辈所当追求的真正功名，即为大背景下之大抱负，充分体现其历史责任感，亦即"不可一世之概"。所写当为作者与韩氏二人之共同愿望。

下片贺寿。即将话题集中于韩氏，谓其既已被天下公推为文章山斗,即真儒者,又有显赫家世,光耀门第,在此风云奔走之际,就当有所作为。表面上似已收归题面,由言事转入贺寿,实际上仍然言事,着重言韩氏功名之事。既承接上结所谓"真儒事",又为整顿乾坤提供依据。接着,以古代三位寄情山水之名相——裴度、李德裕、谢安,比喻当时寓居信州之韩氏,谓其功成自退,永远保持崇高志尚。所谓"名家文献,政事文学,为一代冠冕"(黄昇《花庵词选》),词章所写甚是切合韩氏身份,贺寿而仍未离开言事。最后说愿望,将全篇所言事,国家事及功名事合在一起,将贺寿内容提升至更高层面,一般应酬之作亦即因此成为一曲不同凡响之英雄乐章。

六 么 令[①]

再用前韵

倒冠一笑,华发玉簪折。阳关自来凄断[②],却怪歌声滑。放浪儿童归舍,莫恼比邻鸭[③]。

水连山接，看君归兴，如醉中醒梦中觉。

江上吴侬问我，一一烦君说。坐客尊酒频空④，

剩欠真珠压。手把渔竿未稳，长向沧浪学⑤。

问愁谁怯。可堪杨柳，先作东风满城雪。

① 六么令：唐教坊曲。又名《宛溪柳》、《乐世》、《绿腰》、
《录要》。

② 阳关：王维《送元二使安西》："渭城朝雨浥轻尘，客舍青青
柳色新。劝君更尽一杯酒，西出阳关无故人。"后被采入乐
府，名《渭城曲》，为送别歌曲。

③ 放浪二句：由杜甫《将赴成都草堂寄严郑公》："休怪儿童
延俗客，不教鹅鸭恼比邻。"与王安石《和惠思岁二日二绝》
"为嫌归舍儿童聒"二句化出。

④ 坐客句：《后汉书·孔融传》："及退闲职，宾客日盈其门，
常叹曰：'坐上客恒满，尊中酒不空，吾无忧矣。'"此说"频
空"，牢骚之意甚明。

⑤ 手把二句：《楚辞·渔父》："渔父莞尔而笑，鼓枻而去，乃
歌曰：'沧浪之水清兮，可以濯吾缨。沧浪之水浊兮，可以

濯吾足。'"

《六么令》二首,同一韵部。第一首标明:"用陆氏事,送玉山令陆德隆侍亲东归吴中";第二首"再用前韵"。据邓广铭考,二首当是同时作,均为送别玉山令陆德隆。时淳熙九年(1182),词人四十三岁,乃赋闲之初,居带湖。期间有玉山之行,因有此作。陆德隆,疑即陆翼言,曾于淳熙中任玉山令。

歌词借助话别,表达对于进与退之观感。第一首以历史上之陆氏事说陆氏,主要为被送者,在于突显侍亲主题,乃一般应酬之作,未有特别意思。第二首稍有不同。上片仍然为被送者,谓阳关凄断,水连山接,颇有惜别之意;而下片有烦被送者为传话,却侧重于送者,说送者当时自身之处境与心境。进与退之矛盾冲突,似表现得颇为尖锐。

这是赋闲之初的情形。谓尊酒频空、渔竿未稳,带着牢骚,说明并不甘心寂寞。希望陆氏东归吴中,将此意思告知所有关心自己的朋友。因此,邓广铭以为其尚未习惯于赋闲生涯,应有一定道理。

千 年 调[①]

蔗庵小阁名曰卮言[②],作此词以嘲之

　　卮酒向人时,和气先倾倒。最要然然可可[③],万事称好[④]。滑稽坐上[⑤],更对鸱夷笑[⑥]。寒与热,总随人,甘国老[⑦]。　　　少年使酒,出口人嫌拗。此个和合道理,近日方晓。学人言语,未会十分巧。看他们,得人怜,秦吉了[⑧]。

① 千年调:宋人创调。原名《相思会》,见曹组《箕颍词》(赵万里辑本)。

② 蔗庵:信州(上饶)知府赵汝谐(舜举)之居第,在上饶城隅一山巅。卮言:支离而无系统之言或没主见之言。《庄子·寓言》:"寓言十九,重言十七,卮言日出,和以天倪。"后常用作自谦之词。赵氏以之名阁,当取此意。

③ 然然可可:唯唯诺诺,随声附和。《庄子·寓言》:"恶乎

然,然于然。恶乎不然,不然于不然。恶乎可,可于可。恶乎不可,不可于不可。物固有所然,物固有所可。无物不然,无物不可。"

④ 万事称好:即"一皆言佳"。《世说新语·言语》注引《司马徽别传》:"徽有人伦鉴,居荆州,知刘表性暗,必害善人,乃囊括不谈议时人。有以人物间徽者,初不辨其高下,每辄言佳。"黄庭坚诗:"一钱不值程不识,万事称好司马公。"

⑤ 滑稽:古代流酒器。《汉书疏证》引崔浩《汉纪音义》:"滑稽,酒器也。转注吐酒,终日不已,若今之阳燧樽。"

⑥ 鸱夷:革制囊袋,用以盛酒。扬雄《酒赋》:"鸱夷滑稽,腹大如壶。"

⑦ 甘国老:甘草。《本草·草部》注引《药性论》:"甘草……诸药众中为君,治七十二种乳石毒,解一千二百般草木毒,调和使诸药有功,故号国老之名。"

⑧ 秦吉了:鸟名。亦称了哥、吉了。

　　这首词作于宋孝宗淳熙十二年(1185),在带湖。时年四十六。

　　就创作题材看,这是一首咏物词,即咏酒器与鸟,主要是酒器。就创作意图看，这却是一首骂人的词，明确指出之"他们"，当为现实社会中一班小人。作者对其深恶痛疾，因借着友人居第之阁名——卮言，带出一系列酒器来，从而极尽幽默、讽刺之能事，将"他们"描绘一番，以泄其满腹怨气。

上片咏酒器。卮酒、滑稽、鸱夷，三种不同酒器，其特点乃冷热随人、见人倾倒。照理说，这是一般物理，没有什么好看不惯的。但是，作者将其与现实社会中"最要然然可可，万事称好"的和事佬联系在一起，将其拟人化，其形貌及神态就显得十分可憎。这是咏酒器，而人的嘴脸，实际上已经暴露出来。

下片咏人，包括我与"他们"。现实社会中之我，即作者自身。谓少年时代意气用事，出口伤人，不知"和合道理"。此"和合道理"，除了所谓"和以天倪"（庄子语），即"尽其自然之分"（郭象注）以外，所指恐怕主要是人与人之间有关迎合顺从之一般道理。这也就是上片所谓"和气先倾倒"之一班和事佬的处世哲学。这一门学问正人君子学不会，势利小人却掌握得十分灵巧。

说了自己的禀性，再与"他们"作比较，一班小人之可憎嘴脸，就显得更加可憎。

咏物、咏人完全融为一体，其爱憎取舍表现得十分清楚。不仅在当时，而且在今日，如此可憎之小人，都应当加以揭露。

临 江 仙

金谷无烟宫树绿①，嫩寒生怕春风。博山微透暖薰笼②。小楼春色里，幽梦雨声中。

别浦鲤鱼何日到③，锦书封恨重重。海棠花下去年逢。也应随分瘦，忍泪觅残红。

① 金谷：即金谷园。在洛阳城西，晋石崇所建。此处借指所居山园。宫树绿：元稹《连昌宫词》："初过寒食一百六，店舍无人宫树绿。"
② 博山：即博山炉。焚香用器具。炉盖雕镂似海上博山，并有羽人、走兽等造型，其下有盘贮热水，以润气蒸香。盛行

于汉及魏晋时代。

③ 鲤鱼：即鲤鱼函。《古诗十九首》其一："客从远方来,遗我
双鲤鱼。呼童烹鲤鱼,中有尺素书。"

这首词作年无可确考。邓广铭《稼轩词编年笺注》
以广信书院本次第推测,谓当作于宋孝宗淳熙十三年
(1186)之前,在带湖。蔡义江、蔡国黄也将之归于是
年。可供参考。

这首词所写恋爱故事,可看作是作者隐居山园期间
所过歌酒生涯的一个组成部分。邓广铭《稼轩词编年
笺注》(旧版卷五)于《临江仙》调下,同时录存六首,内
容均互相关联。此后出版"增订本",将第五首("手撚
黄花无意绪")移录卷四,谓乃"思所遣侍者之词",五十
七岁时所作;而将第六首("老去浑身无着处")移录卷
五,谓自镇江归铅山后所赋,约六十六岁。此为第四首,
可能也与所遣侍者相关。

上片写幽梦,谓金谷无烟,宫树碧绿,春风正驱赶着
嫩寒,即将冬季所残存的寒气吹散。而博山炉焚香送

暖,则更加增添着春意。这时候小楼阁充满春色,幽梦正在雨声中进行。这是一段旧事,写得十分绮丽。

下片写相思,谓别浦分手之后,等待着双鲤鱼函,想象所藏锦书当重重叠叠,饱含着无穷无尽的怨与恨。"封"此处当作动词解,谓密封。这是平日相思情景。而今日,正是去年相逢日子;在海棠花下,一切一切,记忆犹新。就我方讲,其相思情景究竟如何,词章未说明,却转说对方,谓其当也一般消瘦,正强忍着泪,寻找残红。这是一种设想,以对方相思,烘托我方今日相思情景。所写为当前事,十分诚挚深厚。

上下片合而观之,说明此段恋情颇有些刻骨铭心。其所恋者是否即为阿钱一班侍者,仍未可知,不必深考。

江 神 子[①]

博山道中书王氏壁[②]

一川松竹任横斜。有人家。被云遮。雪后疏梅,时见两三花。比着桃源溪上路[③],风景好，不争多。　旗亭有酒径须赊④。晚寒些。
怎禁他。醉里匆匆，归骑自随车⑤。白发苍颜
吾老矣，只此地，是生涯。

① 江神子：即《江城子》。有单调、双调各数体。

② 博山：在江西永丰县西。

③ 桃源：谓桃花源。

④ 旗亭：酒楼。李贺《开愁歌》："旗亭下马解秋衣，请贳宜阳
一壶酒。"

⑤ 归骑句：韩愈《嘲少年》："只知闲信马，不觉误随车。"

　　这首词作于宋孝宗淳熙九至十四年（1182—
1187）间，在带湖。时四十三至四十八岁。

　　这是一首题壁词。词人于博山道信步往返，将其一
时感受书写于壁，用以明志。所用乃"宋初体"之一般
结构方法，即上片布景，下片说情。

　　先说布景。上片前四句所写为眼前所见实际物象，
其中"人家"——农家屋舍为画面主体，而"一川松竹"

即为其背景，云及梅花为点缀。这许多物景，都各具姿态，或横斜浮动，或升沉聚散，或傲岸挺立，与"人家"一起，共同构成一幅宁静、安适山居图。这都从正面落笔。后三句，将此山居图与桃花源相比，谓两者风景之好之宜人，相差并不太多。桃源又有一解，即作者另一首《江神子》（送元济之归豫章）自注称："桃源乃王氏酒垆，与济之作别处。"但此处将其解为陶渊明之桃花源，似较为合适。这是虚拟中之物象。将之与所见物象相比，令其更具理想色彩。可知作者乃将眼前实际物象当作桃花源，从而进行布置与安排。

再说说情。下片前四句所写乃眼前情事，谓见到旗亭颇有些兴奋，赶紧前往赊（贳）酒。这既是为了御寒，也是为了增添兴致。于是，"旗亭下马解秋衣，请贳宜阳一壶酒"（李贺句），拚得一醉，并于醉里匆匆骑马归去。这种种情事皆为实录，而在此实录过程，无不流露出一种自得其乐的情绪来。例如既已醉到匆匆忙忙之境界，又能做到"归骑自随车"。酒后想起，相信是一件十分得意的事。四句所说，乃快乐之情。这与上片所造理想之景完全相合。照理说，词章应将此相合之情与景，推向更高的理想境界，但是作者并未这么做，而于结处三句说出另一种情——不快乐之情。谓而今白发苍颜，老大无成，难道只能烂醉于此地？杜甫《杜位宅守岁》诗云："谁能更拘束，烂醉是生涯。"对于烂醉此地，作者乃十分不满。三句所写，说明作者此刻心情与上片所造之景，又完全不相合。

一种景——理想之景，两种情——快乐之情与不快乐之情，组成一个共同体，由相合到不相合，由肯定到否定，作者心志也就明白可见。这就是词章布景、说情所达致之艺术效果。

丑　奴　儿①

书博山道中壁

少年不识愁滋味，爱上层楼。爱上层楼。为赋新词强说愁。　　而今识尽愁滋味，欲说还休②。欲说还休。却道天凉好个秋③。

① 丑奴儿：原名《采桑子》。又名《罗敷媚》、《罗敷歌》、《罗敷艳歌》以及《伴登临》、《忍泪令》、《苗而秀》等。

② 欲说还休：语出李清照《凤凰台上忆吹箫》："生怕闲愁暗恨，多少事、欲说还休。"

③ 天凉好个秋：《楚辞·九辩》："悲哉秋之为气也，萧瑟兮草木摇落而变衰。"自古文士，多将秋气与悲愁联系在一起，作者故不明言其悲愁，而以"秋"出之。

这首词作于宋孝宗淳熙十五年（1188）前后。时闲居带湖，年四十九左右。

这首词中心意思在于说"愁"，而少年时的"愁"与"而今"的"愁"，其内容则全然不同。少年时的"愁"，属春花秋月之闲愁，为无病之呻吟；"而今"的"愁"，乃国耻未雪、壮志难酬之哀愁，为血与泪的哭诉，两者形成鲜明对照。但是，由于社会阅历、人生遭遇的变化，少年时"为赋新词强说愁"，而今则"却道天凉好个秋"，不愿意说及"愁"字。前者憨态可掬，甚逼真；后者有话不能随便说，千愁万恨难言诉，神情似淡漠，内心则甚痛切。

词章字字含泪,声声见血,动人魂魄;作者以上下对比的结构方法谋篇布局,更加显示出这一艺术效果。

丑 奴 儿 近①

博山道中效李易安体②

　　千峰云起,骤雨一霎儿价。更远树斜阳,风景怎生图画。青旗卖酒,山那畔别有人家。只消山水光中,无事过这一夏。　　午醉醒时,松窗竹户,万千潇洒。野鸟飞来,又是一般闲暇。却怪白鸥,觑着人欲下未下。旧盟都在③,新来莫是,别有说话。

① 丑奴儿近:即《丑奴儿慢》。宋人创调,见蔡伸《友古居士词》。

② 李易安:李清照(1084—1155?)号易安居士,历城(今山东济南)人。幼有才藻。年十八,适太学生赵明诚。擅长填词。所创"易安体",颇为历代词家所重。

③ 旧盟：旧时盟约。稼轩《水调歌头》(盟鸥)有"凡我同盟鸥
鹭,今日既盟之后,来往莫相猜"句。

这首词作年未能确考。邓广铭《稼轩词编年笺注》
以其与博山寺有关,将之列于宋孝宗淳熙十四年
(1187)以前所作,在带湖。年近四十八。蔡义江、蔡国
黄《稼轩长短句编年》同此。

词史上,李清照与辛弃疾曾被推尊为"济南二安",
谓之"难乎为继"(沈曾植《菌阁琐谈》)。而辛氏当时,
对于易安即已备极推崇。不仅改字幼安,以示追随之
意,而见于创作中明确标榜"效李易安体"。简单地讲,
所谓"易安体",在语言运用及创作方法上,其主要特征
是善于"以寻常语度入音律",或"用字奇横而不妨音
律",以及善于铺叙。

在语言运用上,作者此词对于易安之效法,功夫可
说已经到家。即通篇以寻常语为之,无论布置、安排物
景,或者诉说心情变化,所用语言浅俗清新,平白如话。
而且此等寻常语看似随手拈来,毫不经意,实则中规中

矩,完全符合法度。例如:"青旗卖酒,山那畔别有人家。只消山水光中,无事过这一夏。""却怪白鸥,觑着人欲下未下。旧盟都在,新来莫是,别有说话。"看起来,如话家常,未加修饰,却像天设地造一般,未可修饰。这就是作者的效法功夫。因而其与易安在语言运用上所臻之境,正所谓"难乎为继"。

至于善铺叙,主要体现在布景与说情的方法上。易安铺叙,于柳、周基础上进一步发展与完善。其中最突出的一点是:在"回环往复"中增加层次,增添波澜,并在各种对比中创造气氛,烘托主题。作者此词之效法易安,也颇见功夫。例如上片对于诸多物景的布置、安排,即十分注重对比。首四句所写,为雨与晴的对比。一会儿乌云涌起,骤雨倾泻,一会儿远树斜阳,突然放晴。既突出夏日山村天气多变之特色,又使难以描画之图景,显得更加难以描画。次二句所写山这畔及山那畔,互相映衬,显示山村生活的多面化。经此布景安排,自然景观及人文景观共同构成一幅美观绚烂的山村风物图。于是末二句之表示意愿,也就十分自然。

下片说心情变化,同样也在对比当中加以显示。这主要是野鸟与白鸥的对比。前者无有戒心,不时而来,为山村图景增添几多快乐与闲暇;后者则欲下未下,诸多猜疑,似乎已背弃旧盟。两相对比,作者当时心情亦可想而知。

作者将易安铺叙,善用于布景与说情,将其既喜欢此图景又不安于此图景之复杂心理状态表现得十分充分。这当也是现实处境的写照。因而,其与易安在铺叙手法上所臻之境,同样"难乎为继"。

清 平 乐①

村 居

茅檐低小②。溪上青青草。醉里吴音相媚好③。白发谁家翁媪。 大儿锄豆溪东。中儿正织鸡笼。最喜小儿亡赖④,溪头卧剥莲蓬。

---

① 清平乐:唐教坊曲名。又名《醉东风》、《忆萝月》。

② 茅檐句：杜甫《绝句漫兴》云："熟知茅斋绝低小，江上燕子故来频。"

③ 吴音：泛指南方方音。吴中一带有吴音，江西也有吴音，江西古时叫"吴头楚尾"，在吴、楚之间，所以江西话也可以叫吴音(夏承焘《唐宋词欣赏》)。

④ 亡赖：无赖。谓狡狯、多诈。此指淘气。

这首词作年未能确考。邓广铭《稼轩词编年笺注》将之归入"带湖之什"，以为当作于寓居带湖最初之三数年内。蔡义江、蔡国黄《稼轩长短句编年》以为作于宋孝宗乾道元年至二年(1165—1166)，于吴中漫游期间。二说供参考。

这是一首农村词，所写乃农民村居生活状况。词中主人公——翁与媪，操吴音，说吴语，可认定为吴中一带人，也可认定为江西一带人。上片所写，先是见物不见人，只有低小茅屋和青青草；再是先听到声音后见人，感到十分惊讶。即在此小溪边上，数间既低又小的茅屋，周围长满青草，怎么有人操吴音、说吴语，声音这般柔媚？莫非年轻人在此打情骂俏？等到走近一看，非也，乃一对满头白发的翁媪，喝醉了酒在那里谈笑。为什么这对白头翁媪这般高兴，这般好兴致呢？这就是词章所说的"媚"与"好"。

词章下片回答了上述问题。原来这对白头翁媪有三个好儿子。其中老大最勤劳，一大早就往溪东锄豆。这是主要农业生产，为农村之本。一年生计就在于此。老二也很听话，独自在溪边编织鸡笼。这是农村副业。提高生活水准，就决定于此。老幺极顽皮，不做正经劳动，贪玩又贪吃，但十分逗人喜欢。这是因为老大、老二劳动得好，丰衣足食，用不上老幺帮手。下片所写，即为这一对白头翁媪"媚"与"好"的基本保证。当时农村是否真正如此丰足，还可探讨；但作者描绘则十分美好，可歌可诵。

清 平 乐

独宿博山王氏庵

绕床饥鼠。蝙蝠翻灯舞。屋上松风吹急

雨。破纸窗间自语。 平生塞北江南。归
来华发苍颜。布被秋宵梦觉,眼前万里江山。

这首词作于宋孝宗淳熙十五年(1188)前后。时闲
居带湖,年四十九左右。

这首词自写心迹,看似十分坦然,实际上,作者用豪
言壮语以自我开解,一接触到世俗社会中的人和事,面
对着张牙舞爪的饥鼠和蝙蝠,却是难以开解的。作者的
这种心境是通过外界景物加以烘托的。词作所写景物
染上了"我"的颜色,不可作为一般景物看待。例如,
"屋上松风吹急雨",论者多认为既有风,又有雨,狂风
夹着暴雨吹打着屋顶。仅仅看字面,这种解释并不错,
而就全词所创造的意境看,这种解释就未免有点肤浅。
我认为读这首词,不可忽视下片的"梦觉"二字,这是构
造全词的关键,也可说是"眼"。"梦觉"二字点明:上
片所写乃夜半梦觉时之所见所感。因其方才梦觉,其所
见饥鼠及蝙蝠,可能是眼前实景,也可能是一种幻觉;而
其所感——"吹急雨"及"窗间自语",则分明是一种错

觉。当时的实际景象是只有风,而无雨。作者所写,已将心中景(错觉或幻觉)与境中景(外界物景)完全融合在一起。因此,外界景物之显得声浪腾沸,也正是作者不平静心境的体现。

清　平　乐

检校山园,书所见

连云松竹。万事从今足。挂杖东家分社肉。白酒床头初熟①。　　西风梨枣山园②。儿童偷把长竿。莫遣旁人惊去,老夫静处闲看。

① 床:糟床,一种榨酒用具。杜甫《羌村》之二:"赖知禾黍收,已觉糟床注。"

② 山园:指带湖居第。因建于信州附郭灵山之隈,故自称山园(参见邓广铭《稼轩词编年笺注》)。

这首词作年未能确考。邓广铭《稼轩词编年笺注》

将之定于隐居带湖最初之三数年内。蔡义江、蔡国黄《稼轩长短句编年》确定为宋孝宗淳熙十一年(1184),在带湖。二说相近,可供参考。

稼轩隐居带湖,其闲而不适心境,常以正话反说的方式体现。这首词所说"足"与"闲"二字,都是反语。上片说被闲置,在此间检校山园,有连云之松竹,有肉,有酒,万事足矣。此所谓"足"实则不足。因为"管竹管山管水"(《西江月》"万事云烟忽过"),什么都管,就是国家大事不让管,壮志未酬,所以不能满足。下片写"闲",谓自己被投闲置散,闲得无事可做,只好在静处观看儿童偷梨枣。此所谓"闲",其中充满着愤慨情绪,亦不闲也。词中用反语,使得看似很平常的生活小事,显得动人心魄。

八 声 甘 州①

夜读《李广传》②,不能寐,因念晁楚老③、杨民瞻④约同居山间,戏用李广事,赋以寄之。

故将军饮罢夜归来,长亭解雕鞍。恨灞陵

醉尉，匆匆未识，桃李无言⑤。射虎山横一骑，裂石响惊弦⑥。落魄封侯事，岁晚田园⑦。　　谁向桑麻杜曲，要短衣匹马，移住南山。看风流慷慨，谈笑过残年⑧。汉开边、功名万里，甚当时、健者也曾闲⑨。纱窗外、斜风细雨，一阵轻寒⑩。

① 八声甘州：唐教坊曲有大曲名《甘州》，乃边塞曲。此由大曲摘遍翻演而成。

②《李广传》：指司马迁《史记·李将军列传》。李广（？—前119），西汉名将。

③ 晁楚老：生平事迹未详。邓广铭《稼轩词编年笺注》称：晁楚老疑即为谦之后人。

④ 杨民瞻：其名莫考。邓广铭《稼轩词编年笺注》推测，可能与范廓之同从游于稼轩者。

⑤ 故将军五句：用李广止宿灞陵故事。《史记·李将军列传》载："（广）尝夜从一骑出，从人田间饮，还至霸陵亭，霸陵尉醉，呵止广，广骑曰：'故李将军。'尉曰：'今将军尚不得夜

行,何乃故也.'止广宿亭下。"又载:"太史公曰:余睹李将军,悛悛如鄙人,口不能道辞;及死之日,天下知与不知,皆为尽哀……谚曰:'桃李不言,下自成蹊.'长亭,古时设于大路旁供人休息之亭台。此指灞陵亭。灞陵,即霸陵,汉文帝陵墓,在今陕西西安市东。"

⑥ 射虎二句:赞李氏神勇。《史记·李将军列传》:"广出猎,见草中石,以为虎而射之,中石没镞,视之,石也。因复更射之,终不能复入石矣。"

⑦ 落魄二句:谓未得封侯,不得意。《史记·李将军列传》:"诸广之军吏及士卒,或取封侯……而广不为后人,然无尺寸之功以得封邑"。

⑧ 谁向五句:杜甫《曲江》三章:"自断此生休问天,杜曲幸有桑麻田。故将移住南山边,短衣匹马随李广,看射猛虎终残年。"杜曲,长安城南名胜,唐代大姓杜氏居住处所。此借指晁、杨二氏居住地。南山,即终南山,在陕西蓝田县南,李广削职后居于此。

⑨ 健者句:《后汉书·袁绍传》:"天下健者,岂惟董公。"健者,指李广,也用以自喻。闲,谓未封侯,不受重视。

⑩ 纱窗外二句:用苏轼《和刘道原咏史诗》"独掩陈编吊兴

废,窗前山雨夜浪浪"句意。

词章与杨民瞻有关,邓广铭《稼轩词编年笺注》据此谓之作于宋孝宗淳熙十四年(1187)前,在带湖;蔡义江、蔡国黄《稼轩长短句编年》谓虽与杨氏有关,而题语与前几首稍异,因推迟一年,定于淳熙十五年(1188),亦在带湖。作此词时,年四十八左右。

词章所附小序,交代写作缘由。谓读《李广传》,夜不能寐,因念晁、杨二友约同居山间,戏用李广事,赋以寄之。既可看作一篇怀古词,又可看作一篇读书笔记。所谓戏者,乃借题发挥,即借李广故事,抒发心中牢骚。因而,这也可看作是一首咏怀词。

上片写李广故事。四声(韵)写四事:一,饮罢夜归,于灞陵遭亭尉呵止,被迫解除雕鞍,露宿亭外;二,灞陵未识,整个社会似乎也缺少眼力,但"桃李不言,下自成蹊",将军并不以为意;三,射虎裂石,神勇非常;四,有功未赏,岁晚归田。四件事写遭遇,既生动体现李广品德及个性,又深刻寄寓作者景仰之情。

下片议论,通过自身故事加以表达。亦以四声(韵)写四事:一,不在杜曲种桑麻,而要紧跟李广,短衣匹马,移住南山;二,效法李广,风流慷慨,于谈笑中安度晚年;三,不明白当时正当盛世,为什么健者也被置闲;四,独掩残编,独向窗外,面对斜风细雨冷静思想。第一件事呼应词题所云约同居山间事,即将自身及友人带将入内。这是上片所谓景仰之情的行为体现,也正与作者当时闲居带湖之处境相合。第二件事亦为一种行为体现,但已将景仰对象和自身融合在一起。既是一种效法行为,又是其精神面貌写照。第三件事由自身说到景仰对象,说的是过去(当时),实则针对现在,因其现在处境正与李广当时遭遇相同。第四件事写凝思,又回到读《李广传》的题目上来,说明所有牢骚,不过乃读后感想而已。

由李广故事,寄寓景仰之情,并将自身故事、自身遭遇及自身时代和李广故事、李广遭遇及李广所处时代,亦即将今与古、现实与历史结合在一起,进一步表现其景仰之情以及不满情绪,使所谓戏作,更加带有深刻意义。

鹧鸪天

代人赋

陌上柔桑破嫩芽。东邻蚕种已生些。平冈细草鸣黄犊,斜日寒林点暮鸦。　　山远近,路横斜。青旗沽酒有人家。城中桃李愁风雨,春在溪头荠菜花。

这首词作年未可确考。邓广铭《稼轩词编年笺注》将之归于"带湖之什",未有明确编年。蔡义江、蔡国黄《稼轩长短句编年》将之定于宋孝宗淳熙十五年至宋光宗绍熙二年(1188—1191),即四十九至五十二岁期间,在带湖。

这首词题称"代人赋",实则为自己而赋,乃一首即景传情之咏怀词。即借助农村景象描画,表达对于社会人生的观感。上片展现农村景象,包括物象及事相两个方面。陌上柔桑,吐出嫩芽。这是自然物象,表示正是初春季节。东邻蚕种,也长些许。这是社会事相,表示农家已孵化出蚕仔来。平冈细草，黄犊鸣叫，这是农家之另一事相。而斜日寒林，暮鸦点点，即为物象。这些物象及事相将初春之农村景象，描画得生意盎然。

对于眼前所见景象，作者尚未明确表达观感。这大概也是所谓代人之意。但是，转入下片，否定、肯定，作者之憎爱便十分明确。"山远近，路横斜"，承上启下。即由上片之陌上、平冈，继续往前走，交叉横斜，逐渐深入农村生活。这也是一种景象描画。但其描画与上片不同。上片描画颇有些面面俱到，既写蚕种，又写黄犊，屋舍、田间劳作，都顾及得到。下片描画只看一点，不顾其余，即只是写青旗沽酒这一景。这当也是农村生活富足的一种体现。但这一景已非专为代人而设，同时又为作者自己的选择。所谓农村生活，已在很大程度上体现了作者的情趣。至此，词章已由代人完全转入为己。因此，作者即站将出来，直接对于社会人生进行价值判断。谓城中桃李，虽极绮丽妖冶，招人艳羡，但经不起风雨；而溪头荠菜虽平平常常，甚不起眼，但能将春天留下。两相对比，其去取也就十分清楚了。

上下片所写,代人为己,即景传情,布置安排得十分停当,颇能体现作者的高超技艺。

蝶 恋 花[①]

戊申元日立春,席间作

谁向椒盘簪彩胜[②]。整整韶华,争上春风鬓。往日不堪重记省。为花长把新春恨。

春未来时先借问。晚恨开迟,早又飘零近。今岁花期消息定。只愁风雨无凭准。

① 蝶恋花:唐教坊曲名。又名《凤栖梧》、《鹊踏枝》等。
② 椒盘:旧时风俗,正月初一日拜君亲,以盘盛椒酒,称椒盘。
　　彩胜:即幡胜。宋代士大夫家多于立春日剪彩为春幡,或用作头饰,或缀于花枝之下,或剪为春蝶、春钱、春胜以戏。

这首词作于宋孝宗淳熙十五年(1188),在带湖。时年四十九。

词章题目标明，这是于正月初一日立春，即兴写下的一首迎春词。上片说迎春，下片说对于春的观感，从而展现其被闲置的心境。

"谁向"三句，谓向椒盘簪彩胜，即由椒盘簪戴旛胜，这是人们迎接春天到来的一项重要活动。谁都如此，说明人数之众。这也是作者当时所见实际情事。而争先恐后簪戴旛胜的男女老少，似乎要把全部春光安排在自己双鬓，这又是人们迎接春天到来时所表现出的一种激动心情。一说初一立春，春天完美无缺，故说整整韶华（汪诚《稼轩词选析》，可以参考）。即谓人们对于春天的到来，充满无限希望。这是众人的感受，也当是作者的感受。但是，"往日"二句谓不堪重记省，却否定了自己的这种感受。即谓往日迎春，其实际景况乃十分难堪，这是因为花事所造成的。具体景况如何，上片未说明。这是迎春景况，将众人与自身相映衬，突显其不堪程度。

下片细叙不堪景况。"春未"三句说往岁（往日），谓花期难以把握。花期晚了，花开得迟；花期太早，花又早飘零。这就是上片所谓"长把新春恨"的原因。说明往岁迎春,都未曾有过好的感受。接着说"今岁",谓尽管花期能够测定,但天有不测风云,什么时候又将花来摧残,这是难以料想的。往岁、今岁,层层加码,其不堪景况,即显得更加不堪。这就是作者自身以自己的经验,来诉说其对于春的观感。

大致看来,对于春的到来,作者景况及感受都十分不堪,即其心境乃十分恶劣。这里他所说的春,并不仅仅局限于自然界,一定也包含着对于社会人生的观感。但是,其展现出来的怨与恨,究竟是否确有所指?我看未必坐实。总之,作者于正月初一日立春写下此词,其心境乃十分繁复,宜细加体验。

沁　园　春

戊申岁,奏邸忽腾报谓余以病挂冠①,因赋此。

老子平生,笑尽人间,儿女怨恩②。况白头能几,定应独往,青云得意,见说长存③。抖擞衣冠,怜渠无恙,合挂当年神武门④。都如梦,算能争几许,鸡晓钟昏。　　此心无有亲冤。况抱瓮、年来自灌园⑤。但凄凉顾影,频悲往事;殷勤对佛,欲问前因。却怕青山,也妨贤路,休斗尊前见在身⑥。山中友,试高吟楚些⑦,重与招魂。

① 奏邸忽腾报:宋朝于京城置进奏院,诸路州郡各有进奏吏。凡朝廷已行之命令、已定之差除黜罢,由门下后省逐日编为定本,经宰执审阅,报行四方,是为邸报,亦称朝报。至南宋,乃有所谓小报。稼轩于淳熙八年(1181)因王蔺之弹章罢官,嗣即闲居信州,乃于六年之后而复有"以病挂冠"之说,则此消息即为"小报"所凭空撰造。

② 儿女怨恩:语出韩愈《听颖师弹琴》:"昵昵儿女语,恩怨相尔汝。"

③ 况白头四句:"白头"、"独往"及下文之"亲冤"、"青山"、"妨贤路"等说法,盖用白居易故事。叶梦得《避暑录话》卷上:"白乐天……不汲汲于进而志在于退,是以能安于去就

爱憎之际，每裕然有余也。……至甘露十家之祸，乃有'当君白首同归日，是我青山独往时'之句，得非为王涯发乎？览之使人太息。"

④ 抖擞三句：《南史·陶弘景传》："陶弘景字通明，丹阳秣陵人也。……永明十年，脱朝服挂神武门，上表辞禄，诏许之。"

⑤ 况抱瓮句：《庄子·天地篇》："子贡南游于楚，反于晋，过汉阴，见一丈人，方将为圃畦，凿隧而入井，抱瓮而出灌，搰搰然用力甚多而见功寡。"

⑥ 休斗句：牛僧孺《席上赠刘梦得》云"休论世上升沉事，且斗尊前见在身"。此改"且"为"休"，谓其被闲置，仍未得安稳，仍须防备种种流言蜚语。

⑦ 楚些：沈括《梦溪笔谈》卷三："《楚辞·招魂》句尾皆曰'些'，今夔、峡、湖、湘及南、北江獠人，凡禁咒句尾皆称'些'，此乃楚人旧俗。"因以"楚些"为《招魂》代称，亦泛指《楚辞》。

这首词作于宋孝宗淳熙十五年（1188），在带湖。时年四十九。

这是一篇牢骚语，主要针对邸报谓其"以病挂冠"而发。其时作者被劾去职，隐居信州已五六载。而邸报乃反有讹传，甚觉可笑。因赋此词解嘲，并借以表达其对于进退亲冤以及去就爱憎之观感。为牢骚语，却皆出自肺腑，颇堪玩味。就材料分配与组合看，上下片所写于牢骚及观感似乎各有侧重，即上片侧重说观感，下片侧重说牢骚。当然，二者乃不可截然分开。这是作法上的问题，似可以先分而后合，以下试略加说明。

开篇所谓"笑尽人间，儿女恩怨"，这是总观感。此恩怨从字面上看，似乎只是说男女怨恨，小儿女卿卿我我之怨与恩，但作者并非只是着眼于此，而是将其推及于进退大计。这是有识之士所当面对的问题，亦即大节出处问题。于是"况"字以下之四个四言句，上二句说退，谓白发增添，岁月无多，应独往青山归隐；下二句说进，谓官运亨通，青云直上，听说可千载长存。两者组成扇面对，构成强烈对照。退与进，即分明摆在面前。作者说"笑尽"，表示已经参透，不但参透儿女怨恩，而且参透人生进退。所谓"抖擞衣冠，怜渠无恙，合挂当年神武门",便为其自认为应该有的选择。这就是说,"早当勇退,不必待劾"（梁启超语,参见邓广铭《稼轩词编年笺注》）。为什么有此选择？除了考虑进退环境外,主要乃以为进与退都是一场梦。既是一场梦,此梦之长短——究竟有多少个鸡晓与钟昏,那就不必有太多计较。得意也罢,失志也罢,都不必放在心上。这是上片,由儿女恩怨说到进与退,表示对于这一切早就勘破。

下片说牢骚,同样从亲与冤即恩与怨说起。谓归隐以来,已做到心无亲冤,无有半点恩怨,而且老老实实地抱瓮灌园。即使对于"往事"、"前因",有些想不通,也只是通过自我反省,或者诵经对佛,进行化解。意即对于以往遭遇并无怨言,亦即未曾发过牢骚。而谓即使归隐青山,也将难免招惹是非,不可能凭其见在之身,于尊前尽情作乐。这却是环境所迫,致使其无有牢骚变得牢骚满腹。比如此刻明明被劾去职,并且已归隐五六年,而邸报仍搬弄是非,称其"以病挂冠"。这说明虽已被置闲,其所处生活环境、政治环境仍甚恶劣。由亲冤说及环境,其爱与憎即推及于整个社会。最后,针对讹传,将错就错,希望山中诸友,为其"高吟楚些,重与招魂"。这是对于滋事者的回击,也表明其对于受滋扰的态度。这是下片,将牢骚范围扩大,使其与整个社会,紧密联系在一起。

如果说上片所说观感,属于一般情况下之观感,即平生如此,那么下片说牢骚,即为特殊情况下之牢骚,即挂冠后如此。而此观感及牢骚,由上述之分叙,至结尾,说及再一次为之招魂,返归进与退问题,两者又合在一起。因此,围绕着"以病挂冠"话题,作者内心之种种也就得到充分表露。这也就是这篇牢骚语之可堪把玩处。

破 阵 子①

为陈同甫赋壮词以寄之②

醉里挑灯看剑,梦回吹角连营。八百里分麾下炙③,五十弦翻塞外声④。沙场秋点兵。　　马作的卢飞快⑤,弓如霹雳弦惊⑥。了却君王天下事,赢得生前身后名。可怜白发生。

① 破阵子：唐教坊曲名。又名《十拍子》。

② 陈同甫：陈亮(1143—1194)字同甫，世称龙川先生，婺州永康(今属浙江)人。才气超迈，喜谈兵。反对约和。宋光宗绍熙四年(1193)策进士，擢第一，授金书建康府判官厅公事，未至而卒。

③ 八百里：谓牛，即八百里駮。《世说新语·汰侈篇》："王君夫有牛，名八百里駮。"

④ 五十弦：谓瑟，古代一种乐器。李商隐《锦瑟》："锦瑟无端五十弦，一弦一柱思华年。"此泛指军乐。

⑤ 的卢：骏马名。《相马经》："马白额入口齿者，名曰榆雁，一名的卢。"

⑥ 弓如霹雳：《南史·曹景宗传》："景宗谓所亲曰：'我昔在乡里，骑快马如龙，与年少辈数十骑，拓弓弦作霹雳声，箭如饿鸱叫。'"

这首词作年无可确考。邓广铭《稼轩词编年笺注》将之列于与陈同甫唱和诸词之后，谓作于宋孝宗淳熙十六年(1189)春之后,约五十岁,在带湖。蔡义江、蔡国黄《稼轩长短句编年》据"五十弦"句意,将之定于宋光宗绍熙四年(1193)秋,于帅闽任上,时年五十四。二说可供参考。

据调下标题称,所谓"为陈同甫赋壮词以寄之",可见乃一首与友人共劝勉之词章,亦即互相打气,希望共同为君王建立功业。而且因为陈亮才气超迈,喜谈兵,与作者有许多共通之处,所以即赋壮词以寄之。这大概就是写作此词之用意。

词章开篇,"醉里挑灯看剑",行为、气概,已颇为壮烈。这是醉梦中情事。而酒醒梦觉,即"梦回",尽管已返回现实,却仍然沉浸于梦境当中。例如,以下所展示的点兵场面——军营连着军营,号角声一阵又一阵;军营里,豪气干云,众部属正在射杀八百里驳,分食炙牛肉;沙场上,鼓乐齐鸣,军乐队正在演奏塞外歌曲。又如,下片所展示的作战场面——骏马的卢,快如飞,一踊三丈;声如霹雳,箭离弦,胆颤心惊。这都是梦境中情事。此等情事,直可"使人忘死,不知老之将至"(《南史·曹景宗传》语），则更为壮观。词章敷陈至此，其所谓壮者，已达致惊天地、泣鬼神之地步。于是紧接着说——"了却君王天下事，赢得生前身后名"，此乃"壮"之结果，亦即作者与友人之最高理想。应该说，所谓赋壮词者，至此已完成任务。亦即二人应当因此振作起来，奔赴沙场干一番事业。

以上为词章前九句所述之情事，即"壮"之情事。颇有千军万马、排山倒海之势。可谓"壮"之极也。但是，最后一句——"可怜白发生"，却将前九句所述全部推翻。由"壮"之极，变而成为"悲"之极。大起大落，简直让人不敢相信。然而，这却是摆在眼前之现实，活生生而又十分冷酷之现实。就题面上看，正如上文所说，这是与友人共劝勉的一首词。而最后一句，却似乎连题面一起推翻。谓非赋壮词以寄之，而乃悲词，而且又是悲极之词。这大概就是作者的心底话，要等最后一句才讲明。

前后对比，可见此最后一句之力量，乃比前九句力量为大。这是稼轩体特殊组合方式所产生之特殊效果。

鹊　桥　仙①

己酉山行书所见

松冈避暑。茆檐避雨。闲去闲来几度。
醉扶怪石看飞泉，又却是、前回醒处。　　东
家娶妇。西家归女②。灯火门前笑语。酿成千
顷稻花香，夜夜费、一天风露。

① 鹊桥仙：北宋创调。又名《金风玉露相逢曲》、《广寒秋》、
《忆人人》、《蕙香囊》、《鹊桥仙令》等。
② 归女：嫁女。韩愈《祭十二兄文》：“归女教男，反骨本原。”

这首词作于宋孝宗淳熙十六年（1189），在带湖。
时五十岁。

词章调下题称“山行书所见”，说明乃一次自身闻
见之所实录。上片说山行，谓松冈、茅檐，避暑、避雨，闲
去闲来，已记不清次数；并谓醉扶怪石，观看飞泉，突然
间发觉那是从前酒醒之处，同样也来过好几回。“几

度"、"又却是",说明其闲,而且闲得不耐烦。所以于闲中求不闲,不断行山,希望得到乐趣。

下片说所见。包括两个方面:社会事相及自然物象。东家、西家、娶妇、嫁女,灯火门前,盈盈笑语。这是社会事相,十分忙碌。而夜夜风露,酿千顷稻香,即为自然物象。着一"费"字及一"酿"字,表示大自然之赐予。说明今年年景好,是个丰收年。这是忙碌娶嫁的物质保证,同样也十分忙碌。

上下片所写,一则极其闲,一则极其不闲。极其闲,闲得百无聊赖,极其不闲,充满生机。这大概就是作者所希望得到的乐趣。然而此间得到大自然所赐之不闲,却反过来映衬其闲。因此山行之所见,尽管欢乐无比,而其闲寂之内心,相信并不欢乐。这当是作者当时的实在感受。

踏 莎 行[①]

庚戌中秋后二夕,带湖篆冈小酌[②]

夜月楼台,秋香院宇[③]。笑吟吟地人来去。

是谁秋到便凄凉,当年宋玉悲如许④。

随分杯盘,等闲歌舞。问他有甚堪悲处。

思量却也有悲时,重阳节近多风雨⑤。

① 踏莎行:宋代始见调。又名《度新声》、《思牛女》、《柳长春》、《惜余春》、《喜朝天》、《阳羡歌》等。

② 篆冈:辛弃疾带湖庄园中之一楼阁名称。

③ 秋香:指桂花。李贺《金铜仙人辞汉歌》:"画栏桂树悬秋香。"

④ 当年句:宋玉,战国时楚人。所作《九辩》云:"悲哉秋之为气也,萧瑟兮草木摇落而变衰。憭栗兮若在远行,登山临水兮送将归。"谓其许多悲凉。

⑤ 重阳句:谓重阳节临近,多风多雨。释惠洪《冷斋夜话》:"黄州潘大临(邠老)工诗……临川谢无逸以书问有新作否,潘答书曰:'秋来景物,件件是佳句,恨为俗气所蔽翳。昨日闲卧,闻搅林风雨声,欣然起,题其壁曰:"满城风雨近重阳。"忽催租人至,遂败意,止此一句奉寄。'"

这首词作于宋光宗绍熙元年(1190),在带湖。时年五十一。

这首词说一个"悲"字。时而否定,时而肯定,反反复复,似有点不知所谓;但又不像是无病呻吟,颇堪把玩。

就上片的立意看,似否定一个"悲"字。首三句谓夜月秋香,楼台庭院,人们正笑吟吟地来来往往。这一场面,即为中秋后二夕所见实际景象。月圆、花好、人欢快,自然无所谓悲。这就是说,今时之人并不悲秋。因而次二句则对于古人之悲秋提出质疑,谓当年宋玉见秋之到来,何故悲哀如许。这是对于悲的否定。下片首三句,由大场面转入小场面,专说小酌。随分、等闲,有酒有歌。这是作者归隐生活之一重要组成部分。十分明显,也并不悲哀,所以说无甚堪愁。这似乎仍然是对于悲的否定。一路说来,此夕此景,不仅今时之人笑吟吟地来去,不须悲,而且今时之人中之个别分子——作者自身,也同样不须悲。至此,似已将古人之悲完全否定。但是次二句之一经"思量",却不知不觉露出个"悲"字来。谓仔细想想,似乎也应当有悲哀的时候。尤其是眼前,重阳节已经临近,那是个多风多雨的季节,不容人不悲哀。一句话即将前面对于悲的否定一概推倒,变成对于悲的肯定。

总的看来,其对于悲之否定与肯定,似乎漫不经心,似乎很不在意,有如其小酌时那么随分、等闲;实际上,其内心所隐藏的悲,自始至终都十分深沉。这一点,可由最后一句得到证实。所谓"重阳节近多风雨",一到重阳,无论自然界,或者是社会人生,多风多雨,都将给人带来许多悲哀。亦即此夕之所谓夜月秋香即将成为过去,今后之小酌,也许不再那么随分、等闲。自然界多风多雨令人愁,社会人生之多风多雨同样令人愁。所以内心所隐藏的悲,是很难否定得了的。这大概就是词章所要表达的意思。

念 奴 娇

瓢泉酒酣,和东坡韵

倘来轩冕①,问还是、今古人间何物? 旧日

重城愁万里,风月而今坚壁。药笼功名^②,酒垆
身世^③,可惜蒙头雪^④。浩歌一曲,坐中人物三
杰^⑤。　　休叹黄菊凋零,孤标应也,有梅花争
发^⑥。醉里重揩西望眼^⑦,惟有孤鸿明灭。万
事从教,浮云来去,枉了冲冠发^⑧。故人何在,
长庚应伴残月^⑨。

① 轩冕:轩车冕服。《庄子·缮性》:"古之所谓得志者,非轩
　　冕之谓也,谓其无益其乐而已矣。今之所谓得志者,轩冕
　　之谓也。"此谓官位爵禄。

② 药笼功名:《新唐书·元行冲传》:"元澹字行冲,以字
　　显。……(狄)仁杰笑曰:'君正吾药笼中物,不可一日无
　　也。'"此用喻储备人才以待用。

③ 酒垆身世:《史记·司马相如列传》:"文君夜亡奔相如,相
　　如乃与驰归成都。家居徒四壁立……相如与俱之临邛,卖
　　尽车骑,买一酒舍酤酒,而令文君当垆。"此自喻其艰难
　　身世。

④ 蒙头雪:头上白发如蒙上一层雪。苏轼《行宿泗间见徐州

张天骥》:"更欲河边几来往,只今霜雪已蒙头。"

⑤ 三杰:指汉初三位杰出人物张良、韩信、萧何。《三国志·吴志·步骘传》:"近汉高祖览三杰以兴帝业,西楚失雄俊以丧成功。"

⑥ 休叹三句:以黄菊、梅花喻人。孤标,清峻特出。

⑦ 醉里句:谓遥望故人。韩愈《奉和虢州刘给事使君三堂二十一咏》:"为遮西望眼,终是懒回头。"

⑧ 冲冠发:《史记·廉颇蔺相如列传》:"相如奉璧西入秦,相如视秦王无意偿赵城,因持璧却立,倚柱怒,发上冲冠。"

⑨ 长庚:启明星、太白星,即金星。喻故人。月:自喻。

这首词作年未能确考。邓广铭《稼轩词编年笺注》以为作于宋光宗绍熙元年或二年(1190 或 1191),在瓢泉。时年五十一或五十二。蔡义江、蔡国黄将之定于绍熙二年。二说供参考。

作者于酒酣时吐真言,颇能体现真性情。但其真性情并非平直透露,一看就明,而必须细心领悟,才能够真切理解。例如上片之说功名,先是设问,谓轩车与冕服,究竟为人间何物，颇有置之于身外之意；再是联系自身经历，谓旧日已为所困，忧愁难解，而今暂得脱身，应与风月相守。从字面上看，似乎明白表露不要功名，而且所谓在药笼中等待，于酒垆边安放，也似乎明白表露不要现世功名。但是，这未必即为其真实思想。因为结拍有云：乘着酒兴高歌，仿如汉初三杰在座。两者相比，我以为后者希望建功立业，才为其真实思想，而前者乃为得不到功名之牢骚语。

再如下片之说思念故人，既说故人望不到，只见孤鸿在烟霭中时出时没，又说世间万事万物，来无踪，去无影，像是白云苍狗一般，对于眼前一切，包括功名，似乎已处之泰然，同样也未必。因过片说黄菊凋零及梅花争发，既承接"蒙头雪"，带有自伤老病之意，又分明将一切寄托于后来者。即希望黄菊之后，更有孤标傲世之梅花出现，这也是望故人之意。即希望故人包括后来者，能共同建功立业。所以说"休叹"，可见内心仍充满着信心和希望。而最后说，故人不知在何处，包括见不到后来者，只能够独自对着启明星与残月叹息。可见对于眼前一切,并非毫不在意。由"休叹"到叹,这是思念故人的体现,也是思念功名的体现,这才是作者的真实思想。

总之,要功名,希望建功立业,这才是作者真性情的体现。读此词,不可忽视于此。

西 江 月

夜行黄沙道中①

明月别枝惊鹊②,清风半夜鸣蝉。稻花香里说丰年。听取蛙声一片。　　七八个星天外,两三点雨山前③。旧时茅店社林边④。路转溪桥忽见。

① 黄沙:即黄沙岭。在上饶县西四十里之乾元乡,高约十五丈。

② 明月句:谓鸟鹊因月明,惊飞不定,由一枝跳到另一枝。

③ 七八二句:何光远《鉴诫录》卷五容易格条:"王蜀卢侍郎

延让吟诗,多着寻常容易言语。有《松门寺》诗云:'两三条
电欲为雨,七八个星犹在天。'"

④ 社林:土地庙旁的树林。古代立社种树,为社的标志,称
社树。

这首词作年无法确考。邓广铭《稼轩词编年笺注》
以黄沙岭在上饶县境内,将之归入"带湖之什"。蔡义
江、蔡国黄《稼轩长短句编年》从梁启超《辛稼轩先生年
谱》将之编入宋孝宗淳熙十五年至宋光宗绍熙二年
(1188—1191)。二说可参考。

这是一首农村词。通过一次夜行经历,表现农村景
况及观感。

上片布景,乃晴时之景。三种声音——鸟鹊受惊飞
离枝头的声音,蝉的叫声及蛙声,构成一片热闹景象。
而声音之外,还有稻花的香味。这都属于景,充满农村
生活气息之景。

下片叙事,乃将雨未雨时之事。七八个星在天外闪
烁,预示雨意;两三点雨从山前飘来,说明大雨将至。这

个时候，已不像晴时那样，心平气和地听取蛙声、蝉鸣，而是逐渐有点着急，希望能寻得一个避雨处所，所以想起社林边的茅店。这过程，心里由平静而趋于不平静，似乎有点慌张。但此时，笔锋一转，茅店突然出现在眼前，终于如释重负。

这是一次实实在在的经历，物象及事相都写得十分真切，并能展现其心理活动过程，甚为难得。

四、起废进用的最后五年(1203—1207)

宋宁宗嘉泰二年(1202)十二月,朝中权贵韩侂胄为笼络人心,重新起用被废官员。辛弃疾亦在名单之内,获起用任绍兴知府兼浙东安抚使。第二年夏六月到任。六十四岁。浙东"盐鬻为害",消弭之力居多。应召言盐法,并言国事。谓金必乱亡,愿属元老大臣,预为应变之计。加宝谟阁待制,提举佑神观,奉朝请。差知镇江府,赐金带。至镇江,先造红衲万领,且欲先招万人,列屯江上,以壮国威。但是,开禧元年(1205)三月,以通直郎张谋不法,坐缪举之责,官降二级;夏六月改知隆兴府,又以"好色贪财,淫刑聚敛"论列免官,提举宫观。秋,正当宋金双方加紧备战之时,却返归铅山。时

162

已六十六岁高龄。开禧二年(1206),再度差知绍兴府兼两浙东路安抚使,未曾到任;又进宝文阁待制、龙图阁待制,知江陵府,令赴行在奏事,亦未往就职。开禧三年(1207),试兵部侍郎,二度上章辞免。八月得疾,九月初十日卒,葬铅山县南十五里阳原山中。

最后五年,三年居官,二年赋闲。所作歌词二十四首,乃宦游及歌词创作生涯之尾声。以下《洞仙歌》,丁卯(1207)八月病中作。曰:

> 贤愚相去,算其间能几。差以毫厘缪千里。细思量义利,舜跖之分,孳孳者,等是鸡鸣而起。
>
> 味甘终易坏,岁晚还知,君子之交淡如水。一饷聚飞蚊,其响如雷,深自觉昨非今是。羡安乐窝中泰和汤,更剧饮无过,半醺而已。

邓广铭认为这是词人的绝笔之作,并以谢枋得《祭辛稼轩先生墓记》所载——稼轩垂殁乃谓枢府曰:"侂胄岂能用稼轩以立功名者乎?稼轩岂肯依侂胄以求富贵者乎?"断定"味甘"数句,"盖有感于晚年再出遭遇",

当有一定道理。但是，这里所说似乎是人际间交接问题，而贤愚、义利，却比交接更加重大。应该说，这是人生经验的总结。所谓"剧饮无过，半醺而已"，不仅有关为人与处世，而且亦有关歌词创作，当细加玩味。

浣 溪 沙①

壬子春，赴闽宪，别瓢泉

　　细听春山杜宇啼。一声声是送行诗。朝来白鸟背人飞。　　对郑子真岩石卧②，赴陶元亮菊花期③。而今堪诵北山移④。

① 浣溪沙：唐教坊曲名。

② 郑子真：西汉高士郑朴。扬雄《法言·问神》："谷口郑子真，不屈其志而耕乎岩石之下，名震京师。"

③ 陶元亮：东晋诗人陶潜，字元亮。

④ 北山移：即《北山移文》。南齐孔稚珪作。相传南齐周颙初隐钟山，后应诏，出为海盐县令。欲过钟山，孔氏假托山灵

为移文（檄文），讽刺其违约出仕。

这首词作于宋光宗绍熙三年（1192）春，在赴闽道中。时年五十三。

辛弃疾于宋高宗绍兴三十一年（1161）二十二岁率众起义，绍兴三十二年（1162）二十三岁投奔宋廷。之后二十年间，辛氏在南方，参与宋代职官行列，由微职小官一直做到地方大员。宋孝宗淳熙八年（1181）四十二岁，被参罢官，隐居信州（今江西上饶）。在信州悠游林下，度过十年隐居生涯。至绍熙三年（1192）春五十三岁，突然被任命为福建提点刑狱。他在临行之时，写下这首词。

这也是一首言志词。通过临行时与瓢泉告别之种种情景及感受，抒写心志。上片说情景。谓青山杜鹃，声声悲啼，沙鸥与白鹭，纷纷离我远飞。杜鹃啼叫，白鸟远飞，这是眼前景，但也包含着心中情。因为杜鹃啼叫，殷勤为我送行，而白鸟远飞，则分明背我而去。一正一反，原为无情之物——杜鹃与白鸟，被染上主观色彩。

即杜鹃悲啼,并非其声之悲,而乃我心之悲;白鸟远飞,并非鸟之背叛,而乃我之背叛。于是其不忍离去之情及无穷后悔之意,即在具体物象中得以体现。

下片说感受,着重说事相。即由上片之自然物象,转入社会人生。其中牵涉到三段人物故事:一为郑子真(朴),西汉高士,隐居不仕,却为世所重。扬雄《法言·问神》曾记述其故事。二为陶元亮(潜),东晋诗人,辞官归田,采菊篱下,与二三素心人结为知己。《续晋阳秋》曾载述其故事,谓其于菊花之期——九月九日无酒,于宅边东篱下摘菊盈把,有白衣人刺史王弘送酒而来,乃与之于菊下酣饮。三为孔稚珪,南齐《北山移文》作者,曾与周颙相约隐居钟山。后周氏应诏,出为海盐县令,期满进京,再过钟山,孔氏即撰此文,假托山灵之语,讽刺其违约出仕。三段故事,皆甚遥远,似与我无关,却处处说到自己身上。头两件事,躬耕与酣饮,说的是前人故事,但用一"对"及"赴",即将古与今连在一起。此二事由两个并列对句组成,正为其隐居生涯之具体写照。而后一件事说《北山移文》,谓自己此行也合该受到老朋友的谴责及嘲讽。这是临行之时对于违约出仕进行的自我鞭挞。前后故事一正一反，清楚表现其对于退与进的体验及感受。

上下片合在一起看，说明辛氏此行，既不称禽心，又不合人意。重新步入仕途，似乎并非所愿。但是，辛氏毕竟并未放弃自己的选择，在满耳鹃啼中，仍然执着地向前行走，走上其想当大官、想发挥大作用的不归之路。这说明辛氏内心所想并非只是与鸥鹭结盟、与隐者为友，过其无所事事的闲适生活，而是另有目标。因而其心志乃需于言语之外，细细加以体认，才能准确把握。

定　风　波①

三山送卢国华提刑②，约上元重来③

少日犹堪话别离。老来怕作送行诗。极目南云无过雁。君看：梅花也解寄相思④。

无限江山行未了。父老。不须和泪看旌旗⑤。后会丁宁何日是。须记：春风十里放灯时。

① 定风波：唐教坊曲名。又名《卷春空》、《定风流》、《定风波令》、《醉琼枝》。

② 卢国华：即卢彦德，字国华，浙江丽水人。宋高宗绍兴二十四年（1154）进士。绍熙间任福建提刑。时辛弃疾由太府少卿调任福州知府，兼福建安抚使。

③ 上元：《类书纂要》："正月十五日曰上元。"

④ 梅花句：盛弘之《荆州记》："陆凯与范晔相善，自江南寄梅花一枝，诣长安与晔，并赠花诗曰：'折花逢驿使，寄与陇头人。江南无所有，聊赠一枝春。'"

⑤ 旌旗：指卢氏提刑使随行之仪仗旗帜。

　　这首词作于宋光宗绍熙四年（1193），在帅闽任上。时年五十四。

　　这是一首送行词，属于应酬之作。尽管不一定有何特别用意，却表达出一种真切的友情及对于别离的观感，颇能体现作者之为人，值得一读。上片主要说送者中之作者自我。首先将年少及年老时的别离感受加以对比，谓年少时经得起，或者敢于轻易说别离，到老来却害怕为老朋友作送别诗。这是自身经验之谈，说明随着岁月增长，已逐渐体会到别离的真实滋味。这是一般情况。接着由一般转向个别，集中说送卢国华提刑。谓老朋友此去，云山阻隔，尽管没有大雁为传帛书，但将折取梅花，为寄相思。所说为别人故事——陆凯自江南寄梅花并诗到长安赠友人范晔，却甚合自身情况，颇能见其心意。

下片主要说送者中之父老及被送者。谓无限江山，尚未行遍，或者说其他地方仍有重要事情，需要前去担当，送者不要过于哀伤，无须和泪相送，被送者也不要不舍得离去，只看到眼下目前。这是从大处着眼，表达其对于别离的观感。有学者指出，这是以为"男儿志在四方，应多到边远地方去建功立业，这里也包括要立志收复丧失于金的中原大地"。而且这也在于劝慰父老长者，对后辈应勉以乘长风破万里浪，而不要带着眼泪用儿女情去看分离（汪诚《稼轩词选析》）。所说有一定道理，但不恰切。因此时被送者卢国华提刑可能已过花甲之年（卢氏中进士，已近四十年），难为后辈，而且此次出行也未必与抗金有关，无须样样上纲上线。——说了别离，紧接着即说"后会"。谓眼下目前，最要紧的不在于别离，而是"后会"。应当约定好归期，不要忘记"上元重来"这一深情厚意。这是从另一角度表达其对于别离的观感，说明并非不重友情，轻视别离。

上下两片合而观之，可见作者此词虽属应酬之作，却并非仅仅为着应酬。这是值得细加体认的。

定　风　波

再用韵。时国华置酒，歌舞甚盛

莫望中州叹黍离[1]。元和圣德要君诗[2]。老去不堪谁似我。归卧。青山活计费寻思。

谁筑诗坛高十丈。直上。看君斩将更搴旗[3]。歌舞正浓还有语。记取。须鬓不似少年时。

---

[1] 黍离：《诗经·王风》篇名。相传周平王东迁，周大夫出行至旧都镐京，见宗庙宫室毁坏，尽为禾黍，因作此诗，以闵

周室之颠覆（据《毛诗序》）。后用作悲叹家国败亡之喻。

② 元和圣德：韩愈有《元和圣德》诗，用以歌颂唐宪宗德业。

③ 斩将搴旗：斩杀敌将，掳取敌旗。《史记·货殖传》："壮士
在军，攻城先登，陷阵却敌，斩将搴旗，蒙矢石不避汤火者，
为重赏使也。"

这也是一首送行词，即欢送友人卢国华别离的一首
词，与前一首同属应酬之作。但这一首词作于友人酒宴
上，是有一定针对性的。词就"歌舞甚盛"一事发表观感，
从而表现其对于社会人生的态度，显然已超出了应酬范围。

上片就别离一事说进与退这一人生大计。谓遥望
中原，不要兴起败亡哀叹，国家中兴，正等待谱写新篇。
这是所谓进，主要对被送者而言。亦即勉励其为恢复大
业作出贡献。因为所谓"元和圣德"，即唐宪宗（李
纯）于元和（806—820）年间平定藩镇叛乱之德业，与眼
下收复失土之恢复大业，颇为相似。所以，论者以为，首
二句乃对于友人的劝勉。但是必须指出，这是词章上
片，主要说进与退，写诗的事仍有待下片叙说。而且所

谓进,所指主要也是功业上的事,与诗酒功名有所区别。
这就是说,首二句之劝勉,主要是功业上的进取。至于
退,主要说自身,即送者。这是与被送者互相对照而展
示的。谓"老去不堪",指自身,而"谁似我",便是一种
对照。作此词之时,作者五十又四,可称老大,但据推
测,卢氏举进士,作者仅十五,卢氏当不可能比作者更
年轻。所谓书生老去,机会方来,对于多数人而言,包
括卢氏,当是一件甚可悲哀的事。但是对于作者而
言,此时虽贵为一个方面之大员——知府兼安抚使,
却仍然未能上前线,施展其雄才大略,因而可以说仍
然没有机会,这就显得更加悲哀。所以说无人如我。
接着说退——归卧,这是十分可悲哀的出路。在此之
前,作者已在带湖归卧十年。此时刚被朝廷召见,又
获晋升高职,是否又作归卧打算呢?答案是:否。因
为归卧青山,连"活计"(生活问题)都伤透脑筋。这
是生活上的原因。而其内心所考虑的,除"活计"外,
更重要的乃在于壮志未酬,壮心不已。这是事业上的
原因。所以无论从哪个角度着想,他都不愿意归卧,

即不愿意退，而仍然想着进。

下片由人生之进与退，转而说眼前之歌舞。前三句先说诗坛斩获。谓诗坛高筑，雄心万丈；登城斩将，夺取大旗。说的当是一种幻想。这是从上片所谓"要君诗"而来的，但又有所不同。前者侧重于圣德，重在事功，后者侧重于诗书，重在立言。这才是真正所谓用诗去呼唤抗战。如此雄心，既可看作是作者不愿意归卧的体现，也是对于友人的一种劝勉。这一劝勉与上片所说为恢复大业谱写新篇，是完全相一致的。即这是自勉，也用以勉人。因此转入本题，也就非常自然地说出一句心底话：不要因为歌舞太盛而耽误进取。

全词所说皆甚积极乐观，可见其仍然希望为国家干出一番事业来。这就是作者的态度。

行 香 子①

三山作

好雨当春②。要趁归耕。况而今、已是清

明。小窗坐地③,侧听檐声④。恨夜来风,夜来月,夜来云。　　花絮飘零。莺燕丁宁⑤。怕妨侬⑥、湖上闲行。天心肯后⑦,费甚心情。放霎时阴,霎时雨,霎时晴。

① 行香子:宋人创调。见苏轼《东坡乐府》。又名《爇心香》。

② 好雨句:杜甫《春夜喜雨》:"好雨知时节,当春乃发生。"

③ 坐地:坐着。地为语助词。朱熹《朱子语类》:"夜里却静处坐地思量,方始有得。"

④ 檐声:即雨声。陆游《秋旱方甚七月二十八夜忽雨喜而有作》:"钧天九奏箫诏乐,未抵虚檐细雨声。"

⑤ 丁宁:摹声词。古乐器名。此用指莺燕之声。杜甫《漫兴九首》之一:"即遣花开深造次,便教莺语太丁宁。"

⑥ 侬:我。江浙一带口语。

⑦ 天心:天子之心。梅尧臣《王龙图知江陵》:"捧诏出荆州,天心寄远忧。"

　　这首词作于宋光宗绍熙五年(1194)春,在福州。

时年五十五。

　　写这首词时，作者仍在福州知府兼福建安抚使任上。几个月时间内，修置备安库，修建郡学，尽心尽职，颇有政绩。但也已隐藏着危机。七月以后，即一再受参奏，降官、罢职，并于第二年返居带湖。

　　这首词所说，既是一种自然气候，又是一种政治气象，颇堪玩味。上片说当春好雨，适合于耕作，应趁早归去。曾经于带湖"躬耕"十年、将自己看作农家一员之作者，因春雨念及当抓紧时机，早作安排，况且又到了接近清明时节。这是首三句所表达的意思。侧重于自然气候，申明其归意。或以为作者自去冬今春已累疏乞休（梁启超《稼轩年谱》），当可证实这一点。但就其任内作为看，似又未必，因其仍然为恢复大业做了许多实事。如没有诸多阻碍，似不致轻易言退。接着小窗二句说倾听檐上雨声，仔细思考问题，便是实证。二句将自然气候与政治气候合在一起说。这是一个重要转折，即由退——"要趁归耕"想到不退。不退之意未明确点出，但可从结处之"恨"获知。所谓夜来风、夜来月、夜来云,虽为春夜变幻莫测之自然气象,但所指却明显为政治气象。论者以为"谓受谗谤迫扰"(同上),当有一定道理。这是不退的结果。

下片转而说退,转而说湖上闲行。首三句所谓飘零花絮及莺燕之语,既是一种自然物象,作者当时所见春之实景,又可看作是一种社会事相,如论者所云不得自由归去之"种种牵制"(梁启超语)。而"怕妨侬",不要妨碍我,即为作者感受。三句所说应合开篇申明意思,返回归之话题。这就是由不退转说退。至于天心二句道及上头意旨,颇有身不由己之意,与上片独立思考、自己话事似略有不同。即此时此景,究竟退与不退,仍然拿不定主意。但是,此事既然须由天定,也就随他去了。所以最后才爆出一个"放"字来,以为所谓阴晴变幻,都不必操心。所说完全为政治气候。此一结论,表现得十分洒脱,似不在乎退与不退,实际上其内心仍然坚持着不退。这是对于下片首三句所说退的否定,也是对于上结所说"恨"的回应。由"恨"到"放",明确表明其对于现实处境所持态度。

　　论者以为词章发端所云"好雨当春，要趁归耕，况而今、已是清明"，直出本意，文义甚明。次云："小窗坐地，侧听檐声。恨夜来风，夜来月，夜来云。"谓受谗谤迫扰，不能堪忍也。下半阕云："花絮飘零，莺语丁宁。怕妨侬、湖上闲行。"尚虑有种种牵制，不得自由归去也。次云："天心肯后，费甚心情。放霎时阴，霎时雨，霎时晴。"谓只要圣旨一允，万事便了；却是君意难测，然疑间作，令人闷杀也（梁启超语）。将自然气候与政治气候联系在一起进行剖析，颇见创意，但将本意理解为"自由归去"，则未必尽合作者本心。所谓比兴之旨，意内言外，当细加寻绎。

最　高　楼①

吾拟乞归，犬子以田产未置止我，赋此骂之

　　吾衰矣②，须富贵何时。富贵是危机③。暂忘设醴抽身去④，未曾得米弃官归⑤。穆先生，陶县令，是吾师。　　　　待葺个、园儿名佚老⑥。更作个、亭儿名亦好⑦。闲饮酒,醉吟诗。千年田换八百主⑧,一人口插几张匙⑨。咄豚奴⑩,愁产业,岂佳儿。

① 最高楼:宋人创调。又名《最高春》。

② 吾衰矣:《论语·述而》:"子曰:甚矣吾衰矣,久矣吾不复梦见周公。"

③ 富贵是危机:《晋书·诸葛长民传》:"贫贱常思富贵,富贵必履危机。"

④ 暂忘设醴:《汉书·楚元王传》:"初,元王敬礼申生等,穆生不嗜酒,元王每置酒,常为穆生设醴。及王戊即位,常设,后忘设焉,穆生退曰:'可以逝矣,醴酒不设,王之意怠,不去,楚人将钳我于市。'遂称疾卧。"

⑤ 未曾得米:萧统《陶渊明传》:"岁终,会郡督邮至,县吏请吏:'应束带见之。'渊明叹曰:'我岂能为五斗米,折腰向乡里小儿。'即日解绶去职。"

⑥ 佚老:指归官之老人。《庄子·大宗师》:"夫大块载我以形,劳我以生,佚我以老,息我以死。"

⑦ 亦好:戎昱《中秋感怀》:"远客归去来,在家贫亦好。"

⑧ 千年句：《景德传灯录》卷一一韶州灵树如敏禅师："有僧问：'如何是和尚家风?'师云：'千年田，八百主。'僧云：'如何是千年田、八百主?'师云：'郎当屋舍勿人修。'"

⑨ 一人句：范成大《丙午新正书怀》："口不两匙休足谷，身能几屐莫言钱。"自注："吴谚云：'一口不能着两匙。'"

⑩ 咄：斥责。豚奴：与题"犬子"同指己子。语本《三国志·孙权传》裴松之注引《吴历》："生子当如孙仲谋，刘景升儿子若豚犬耳!"

　　这首词作于宋光宗绍熙四年（1193），在闽中，时年五十四。

　　这首词因有题而立意非常明确，即对犬子进行教育。词章末三句，元广信书院本《稼轩长短句》作"便休休，更说甚，是和非"。明王诏校刊本及汲古阁刊《宋六十名家词》本，俱作"咄豚奴，愁产业，岂佳儿"。两种结尾，意思各不相同。吴世昌先生指出：前一种结尾乃后人妄改，语意既不通，又失律、出韵，后一种结尾正是骂子之语，与词题相合，也协律，当以后者为准。其说甚是。

　　作者南下归宋,曾经盼望"金印明年如斗大",想当大官,以为官当得越大越好。同时,他也积极鼓励自己的朋友当大官,并希望自己的儿子"从今日日聪明","无灾无难公卿"(《清平乐》"灵皇醮罢")。但是,作者想当大官,倒不是为了炫耀"富贵利达之美",以利禄引诱自己的儿子,或为儿孙谋万世基业,让儿孙一代一代享受荣华富贵;他想当大官,是为了"从容帷幄去,整顿乾坤了"(《千秋岁》),为了对抗金、恢复事业发挥更大的作用。于是作者斥子,就着重在"富贵"二字上做文章。

　　在封建社会中,社会财富依照权力大小进行分配,升官发财已成为谋取富贵的惟一途径。作者对此深有体会,也了解由此所产生的一切弊端。所以,词章表明以穆先生、陶县令为榜样,一旦受到怠慢,就辞官归去。并且激流勇退,事先打好离休报告。

　　穆先生即穆生,楚元王时,曾被推举为中大夫。穆生不嗜酒,元王每置酒,常为其设醴(甜酒)。后来王戊即位,忘设醴,穆生以为"王之意怠",就推说身体不好,辞官而去(事见《汉书·楚元王传》)。陶县令即陶潜,因不愿为五斗米折腰，曾解印绶去职，赋《归去来》（事见《宋书·陶潜传》）。穆、陶二氏皆甚清高，而作者则又甚于二氏。不但不愿受怠慢，"暂忘设醴抽身去"，而且，即使未曾得到五斗米，也不肯折腰向乡里小人。作者认为"富贵是危机"，"在家贫亦好"，即想作个亭儿名"亦好"，并认为千年田产非永不易主，期间可能变换八百家主人。眼下既然未能当大官，申其宏愿，还是趁早乞归。因此，骂其儿子没出息，只为置田产，谋富贵，恰似豚犬一般。他以为与其不要人格求高官、得富贵，不如不要官，不要富贵，在家过"闲饮酒，醉吟诗"的生活。

今天看来，作者作为权力集团中的一分子，能有如此见识，实在不同一般。

水 龙 吟

过南剑双溪楼①

举头西北浮云②，倚天万里须长剑③。人言此地，夜深长见，斗牛光焰④。我觉山高，潭空水冷，月明星淡。待燃犀⑤下看，凭栏却怕，风雷怒，鱼龙惨。　　峡束苍江对起，过危楼、欲飞还敛。元龙老矣⑥，不妨高卧，冰壶凉簟。千古兴亡，百年悲笑，一时登览。问何人又卸，片帆沙岸，系斜阳缆。

① 南剑：宋时州名。治所在延平，即今福建南平。双溪楼：位于流经南平之二水（剑溪、樵川）交界处，故名。

② 西北浮云：《古诗十九首》之五："西北有高楼，上与浮云齐。"此喻中原沦陷。

③ 倚天句：宋玉《大言赋》："方地为车，圆天为盖，长剑耿耿倚天外。"此谓驱除西北浮云须要倚天长剑。

④ 斗牛光焰：斗牛，指北斗、牵牛二星座。斗牛光焰，指斗牛间紫气。

⑤ 燃犀：点燃犀牛角。《晋书·温峤传》："至牛渚矶，水深不可测，世云其下多怪物。峤遂燃犀角而照之，须臾见水族覆火，奇形异状，或乘马车、着赤衣者。"

⑥ 元龙：陈登字元龙，三国下邳（今江苏睢宁西北）人。举孝

廉。曾助曹操聚众图吕布，以功加伏波将军。《三国志·魏志·陈登传》引《先贤行状》："登忠亮高爽，沉深有大略，少有扶世济民之志。"此作者用以自喻。

这首词作于帅闽期间。邓广铭《稼轩词编年笺注》未曾确定具体年份。蔡义江、蔡国黄据"燃犀"数句，以为辛氏想劾举别人而有所顾忌，乃于提点刑狱任上，方才有此权力，因将之定于宋光宗绍熙三年（1192），在闽宪任上，时年五十三。

南剑，宋时州名，今福建南平。双溪，指剑溪和樵川。二水交流，绕城而过。双溪楼在剑津（剑溪）之上，占溪山之胜，当水陆之会，形势险要。辛弃疾登上危楼，浮想联翩，谱写了这首歌词。

"举头西北浮云，倚天万里须长剑"，谓中原沦陷，浮云蔽空，正须要倚天宝剑；像自己这样具有文才武略而又耿耿忠心的爱国志士，正当被派往抗金前线，杀敌立功。话说得甚有气势。本来满腹经纶似乎就要乘势吐出，但临到关头又"欲说还休"，作者偏将话题转到传说上去。谓此地传为"宝剑化龙之津",于斗、牛两星之间,夜深之时常有异气(长见光焰),当是"宝剑之精上彻于天耳";眼下深潭,必有宝剑。并谓欲待下水寻取,心中却有许多忧虑。"我觉山高,潭空水冷,月明星淡"。这是奇句、生硬句,既拙又重,穿插其中,用眼前实境以烘托心境,渲染忧虑之情。"风雷怒,鱼龙惨"。既与宝剑传说相关,又可能另有所指。据载雷焕之子曾佩宝剑过延平津(即剑溪),"剑鸣,飞入水。及入水寻之,但见双龙缠屈于潭下,目光如电,遂不敢前取矣"。作者用此典故,正与本地风光相切合。同时,所谓风雷、鱼龙干扰,也可能暗喻周围"小人"对自己的排斥、打击。这是上片,说须宝剑又无宝剑,幻想落空。

"峡束苍江对起,过危楼,欲飞还敛"。换头写溪水冲破对峙两峡的约束,绕过双溪楼,继续向前流动。峡口无山,甚平常,偏又写得动宕。因此,作者的思绪就随着跳跃飞动的溪水从传说中遥远的幻想世界回到现实中来。此时作者想到了自己的处境,怨恨之情似乎又要吐出。但是,仍然是"欲说还休",再将话题宕开。首先，作者说自己已经年老，正当高卧，被闲置也无妨；接着说兴亡悲笑，古来有之，何必当真，不过登览者一时感慨而已，仍然不吐真言。"千古兴亡，百年悲笑，一时登览"。纵笔写大字，显得十分超脱。直至最后，作者才不得不面向现实，将自己对于国家、民族命运的忧虑之情，寄寓于"片帆沙岸，系斜阳缆"的具体景象描述当中。

辛弃疾这首词也是登临怀古之作，与苏轼的《念奴娇》（赤壁怀古）颇有某些相似之处。苏、辛二词所说都是英雄语。但是，两首词的艺术表现手法及艺术风格却大不一样。苏轼的《念奴娇》，"大江东去，浪淘尽、千古风流人物"，起势的力量一贯到底。词作描写江山形胜与豪杰英姿，场面阔大，气象雄浑。词作末了抒发感慨，谓"早生华发"，谓"人生如梦"，虽稍嫌消沉，但作者的思绪终究随着汹涌澎湃的大江水，一泻千里，奔腾而下。与苏轼词相比，辛弃疾此词发端固然也有气势，但其力量并未一气贯穿下去。上片"人言"三句一顿，至"我觉"三句又一顿，"燃犀下看"，作者的思绪与溪水一起，

汇为深潭,是一大停顿。下片穿过峡谷,作者的思绪又
与溪水一起,"从千回万转后倒折出来"。"元龙"三句
与"千古"三句原是极齐整的四言句,容易显得板滞,作
者故意泛泛而谈,看似无关紧要,以变化姿态。最后百
折必东,作者的思绪才与溪水一起,呜咽出之。全词姿
态飞动,沉郁顿宕,隐含着无穷力量。由此可见,苏、辛
二人所作英雄语,一个犹如大江大河,奔流直下,无有阻
挡;一个则似"欲飞还敛"的双溪水,在"大"当中求奇
变,并通过变化见其姿态,见其气力。这是苏、辛不同之
处,也是两人"独胜"之处。读苏、辛词,不能不注意到
这一特点。

瑞 鹤 仙①

南剑双溪楼②

片帆何太急。望一点、须臾去天咫尺。舟
人好看客。似三峡风涛,嵯峨剑戟。溪南溪
北。正遐想、幽人泉石。看渔樵、指点危楼,却

羡舞筵歌席。　　叹息。山林钟鼎③,意倦情迁,本无欣戚。转头陈迹。飞鸟外,晚烟碧。问谁怜旧日,南楼老子,最爱月明吹笛④。到而今、扑面黄尘,欲归未得。

① 瑞鹤仙:宋人创调,见周邦彦《清真集》。又名《一捻红》。

② 南剑双溪楼:见《水龙吟》"举头西北浮云"注。

③ 山林钟鼎:杜甫《清明》:"钟鼎山林各天性,浊醪粗饭任吾年。"

④ 南楼二句:《世说新语·容止》:"庾太尉在武昌,秋夜,气佳景清,使吏殷浩、王胡之之徒登南楼理咏。音调始遒,闻函道中有屐声甚厉,定是庾公。俄而率左右十许人来,诸贤欲起避之,公徐云:'诸君少住,老子于此处兴复不浅。'因便据胡床与诸人咏谑竟坐,甚得任乐。"

　　这首词作于帅闽期间。邓广铭《稼轩词编年笺注》将之列于宋光宗绍熙五年（1194）所作之后,未确定具体时间。蔡义江、蔡国黄《稼轩长短句编年》将之定于绍熙三年(1192),在闽宪任。时年五十三。

这首词与《水龙吟》("举头西北浮云")同为登双溪楼所作。二词对读,此为妩媚语,彼为英雄语,作风迥然有异。但此二词所写溪山形势之险要危急,似都与作者所处环境有一定牵连,非一般模山范水者。这又是其共通之处。

这首词主要展现归与不归之内在矛盾冲突。与溪山形势一样,同样显得跳跃动宕。就主观愿望看,在帅闽期间,尽管已面临着受弹劾的危险,处境十分恶劣,但他仍不愿就此罢休,而想继续大干一番。这是作者的一贯思想,亦即不愿归去。但是,词章却花费许多篇幅说归去。

词章首先写片帆及舟人。谓其乃望中一点,迅速离去,离得很远很远,差不多与天相接近;并谓其可充当看客,观赏溪流南北之奇险风光。十分明显,此乃通过具体物景之布置与安排,寄寓怀抱,表示将在激流中离去。这是一个方面,表明归意。另一个方面,词章接着写渔父与樵夫,谓"指点危楼",羡其舞筵歌席。这是作者于眼前所见"幽人泉石"景象而产生的遐想,似表明不归,以与前半所言归去相对抗,实则仍考虑归去。因着一"却"字,对于不归,似隐藏着许多疑问。这说明此时作者对于归与不归尽管仍然拿不定主意,但内心似乎有点倾向于归。这也是借助于具体物景之布置与安排而加以展现。因此,所谓归与不归之矛盾冲突,也就随着眼前物景之转移变换,不断兴起波澜。这是上片,将矛盾冲突揭示出来,并加以推进。

下片仍然说归与不归之矛盾冲突。首先将上结所隐藏着的意思表明,指出对于归与不归之所以仍然拿不定主意,乃在于对山林与钟鼎认识不足。以为自身之所谓遐想,颇有身处山林而向往钟鼎之意,亦即仍然舍不得离开危楼之舞筵歌席。这是可叹息的。因为山林与钟鼎各异天性,只要适合自己,也就无所谓欣欣与悲戚。这是上结有关疑问的明确答案。而"转头陈迹",进一步对于山林与钟鼎进行价值判断,表明已勘破一切,绝去尘想,可见此时其归去之意已十分坚定。接着所写,也是遐想。但着眼点不在钟鼎,而在山林,即已在飞鸟之外。这是对于归去的明确肯定。但是,最后说而今情形,一句话——"欲归不得",却将上述之肯定彻底否定。由肯定到否定,作者思想活动、感情变化所兴的波涛,大起大落,使得词章更显动意。这是下片,由矛盾冲突之进一步展开,说到结局。

上下片合看,说明作者虽然身处恶劣环境,仍思进取,虽然作妩媚语,仍不减英雄本色。这就是稼轩体的一大特点。

浣 溪 沙

瓢泉偶作

新葺茅檐次第成。青山恰对小窗横。去年曾共燕经营。　　病怯杯盘甘止酒,老依香火苦翻经。夜来依旧管弦声。

这首词作于宋宁宗庆元二年(1196),在瓢泉。时年五十七。

从宋光宗绍熙三年（1192）至五年（1194），辛弃疾
在闽省当了三年官。期间曾修置备安库，积钱五十万
缗，储粮二万石，并曾修建福州郡学，宦迹颇著。然而，
却一再被参而罢职、降官，至宋宁宗庆元元年（1195），
并遭弹劾削去官职。因此即返回原来之隐居地，再度过
着隐居生活。这是辛弃疾第二次被迫归隐。和上次一
样，这次归隐也将近十年时间。

上次归隐，在信州（今江西上饶），曾于城外营造一
座包括带湖在内的大庄园——稼轩，并曾于邻县铅山奇
师村（期思）之周氏泉，兴建一座别墅——瓢泉。这次
归隐，先在带湖居住一年多时间，后因遇上火灾，即迁往
期思。但是，在其迁居之前，期思居第已开始修葺。这
首词即写于迁居之时。

这首词题曰"瓢泉偶作"，乃记述瓢泉别墅之修葺
情形及生活情景，可看作一首叙事词。上片说别墅的修
葺。谓茅檐新葺，青山恰对，这是修葺完工时之情形，即
结果。此间建筑物究竟有多少，则难以考知。但稼轩词
中所提及者，即有停云堂、秋水堂（又称秋水观）等处。

所以所谓次第成，一处一处(修葺)完工，说明此别墅当具有一定规模。而青山之恰好横卧于小窗前，正显示人工建筑与造化生成，乃何等匹配。这当也是别墅之别致之处。这是首二句所叙说之情形。接着说过程，谓此乃经过一年来之苦心经营，犹如燕子筑巢一般。这是上片的小结。

下片说生活情景。先说自身，用一并列对句加以铺叙。谓病怯杯盘，说戒酒；谓老依香火，说诵经。杯盘，杯酒与盘餐。怯，害怕，表明正努力减少其物质欲望。香火，香与烟火。依，依赖，表明正努力增添其精神追求。而此所谓经，当为佛经。因这里所说乃一种香火因缘。至于"甘"与"苦"，乃互文兼义，须合而观之，不能分割理解。这是自身情景。而后说屋外情景，谓入夜之后依旧处处笙歌。这是外面的世界，正与其内心世界，形成鲜明对照。于是其生活情景也就显得更加与众不同，说明其自身生活与周围环境(主要是人文环境)并不协调。这是由内外世界的反差所造成的。

但是，如将上下片所写合在一起看，即将坚持与众不同生活方式及追求之作者自身,放在人工建筑与造化生成完全融为一体的环境中,则其内外世界万分协调。这大概就是词章所要表明的意思。

六 州 歌 头①

属得疾,暴甚,医者莫晓其状。

小愈,因卧无聊,戏作以自释。

晨来问疾,有鹤止庭隅②。吾语汝③,只三事,太愁余:病难扶。手种青松树,碍梅坞,妨花径,才数尺,如人立,却须锄其一。秋水堂前,曲沼明于镜,可烛眉须。被山头急雨,耕垄灌泥涂。谁使吾庐。映污渠④其二? 叹青山好,檐外竹,遮欲尽,有还无。删竹去,吾乍可,食无鱼⑤。爱扶疏。又欲为山计,千百虑,累吾躯其三。凡病此,吾过矣,子奚如? 口不能言臆对⑥,虽卢扁⑦、药石难除。有要言妙道⑧,往问北山愚⑨。庶有瘳乎⑩。

① 六州歌头：本鼓吹曲。因唐伊州、梁州、甘州、石州、渭州、氐州六州得名。唐教坊曲有《伊州》、《凉(梁)州》《甘州》及《胡渭州》，皆为大曲。歌头即大曲中序之第一段。词调即为大曲之歌头演变而成。

② 鹤止庭隅：苏轼《鹤叹》："园中有鹤驯可呼，我欲呼之立坐隅。"

③ 吾语汝：《论语·阳货》："子曰：'由也，汝闻六言六蔽矣乎？'对曰：'未也。''居，吾语汝。'"

④ 映污渠：韩愈《符读书城南》："二十渐乖张，清沟映污渠。"

⑤ 吾乍可二句：谓宁可食无鱼，不可居无竹。《战国策·齐策》冯谖倚柱弹剑典。苏轼《于潜僧绿筠轩》："可使食无肉，不可使居无竹。无肉令人瘦，无竹令人俗。"

⑥ 口不句：贾谊《鹏鸟赋》："鹏乃叹息，举首奋翼，口不能言，请对以臆。"

⑦ 卢扁：扁鹊。战国时医学家。姓秦，名越人，渤海郡郑(今河北任丘)人。以其家于卢，因又称卢扁。另说，即古代良医之代称。

⑧ 要言妙道：枚乘《七发》："客曰：'今太子之病，可无药石、针刺、灸疗而已，可以要言妙道说而去也。'"

⑨ 北山愚：即北山愚公。典出《列子·汤问》。

⑩ 庶有瘳乎：《庄子·人间世》："庶几其国有瘳乎？"瘳，病愈。引申为恢复元气。

　　这首词作年无可考。蔡义江、蔡国黄《稼轩长短句编年》疑其作于宋宁宗庆元五年或六年（1199或1200），在铅山。时年六十或六十一。

　　由小序可知，作者乃因得病而赋词。但作者写疾病并不用声调和婉的闺阁词调将自己写得奄奄一息，而是用声调激昂的边塞词调，将情思写得翻滚动宕。据序文，其病乃为一种"莫晓其状"的心病，是难以用药石消除的。为何得此心病，作者列举了三件事：一是松与梅的矛盾。种了青松树，妨碍了梅花；青松尚未成长，却须锄去，十分不舍。二是雨水冲散泥涂，将堂前曲沼弄浑浊。三是既爱山，又爱竹，竹将青山遮住，未忍删去，又希望无遮无碍地与青山相见。三件事纠缠不清，因而致病。既得此病,究竟如何是好？作者借用"口不能言"的鹤进行推测,以为当请教北山愚公。意即北山愚公有挖山不止的精神,凡事不多计较,故无烦恼。而作者患得患失,多计较,故多烦恼。因此不难发现,作者摆出一大堆繁琐的事情,并不仅仅是为了自我排遣,而是发牢骚,发泄对于被闲置的愤忿不满情绪。事情虽小,所显示的意义却不小。

水 调 歌 头

赵昌父七月望日用东坡韵叙太白[①]、东坡事见寄,过相襃借,且有秋水之约。八月十四日,余卧病博山寺中,因用韵为谢,兼寄吴子似[②]。

　　我志在寥阔,畴昔梦登天[③]。摩挲素月,人世俯仰已千年。有客骖鸾并凤,云遇青山赤壁[④],相约上高寒[⑤]。酌酒援北斗[⑥],我亦虱其间[⑦]。　　　少歌曰[⑧],神甚放,形则眠。鸿鹄一再高举⑨，天地睹方圆。欲重歌兮梦觉，推枕惘然独念，人事底亏全。有美人可语，秋水隔婵娟⑩。

① 赵昌父：赵蕃，字昌父，居信州玉山之章泉，世称章泉先生。自少喜作诗，援笔立成，不经意而平淡有趣，读者以为有陶靖节之风。

② 吴子似：字绍古，鄱阳人。时为铅山县尉。

③ 畴昔句：屈原《九章·惜诵》："昔余梦登天兮，魂中道而无杭。"畴昔，从前。

④ 青山赤壁：青山，在安徽当涂东南。唐元和十二年，李白墓迁至此。此即以指代李白。赤壁，指代苏轼，因其有前后《赤壁赋》二篇。

⑤ 高寒：由苏轼《水调歌头》"我欲乘风归去，又恐琼楼玉宇，高处不胜寒"化出。

⑥ 酌酒句：由屈原《九歌·东君》"援北斗兮酌桂浆"化出。

⑦ 我亦句：韩愈《陇吏篇》："得无虱其间，不武亦不文。"此自谓厕身其间。

⑧ 少歌：轻声歌唱。《楚辞·九章·抽思》王逸注："小唫

(吟)讴谣以乐志也。少,亦作小。"

⑨ 鸿鹄句:贾谊《惜誓》:"黄鹄之一举兮,知山川之纡曲,再举兮睹天地之圜方。"鸿鹄,天鹅。

⑩ 有美人二句:杜甫《寄韩谏议》:"美人娟娟隔秋水,濯足洞庭望八荒。"

　　这首词作年未能确考。邓广铭《稼轩词编年笺注》将之列于宋宁宗庆元四年至六年(1196—1200)。蔡义江、蔡国黄《稼轩长短句编年》将之定于庆元六年(1200),在瓢泉。时年六十一。

　　这是与友人赵蕃(昌父)的一首酬唱词。其创作缘由,词章所附小序已交代清楚。赵氏原词已佚,所叙太白、东坡何事,难以确考。但就所谓"有客骖鸾并凤,云遇青山赤壁",似可得知赵氏所叙当为"相约上高寒"及"酌酒援北斗"二事。这是与东坡、太白性情相切合的两件事。赵氏用东坡韵作《水调歌头》,可能借此事迹以寄寓怀抱并表达对于作者的敬仰之情。这可用序文所谓"过相褒借,且有秋水之约"加以印证。"秋水之约"当与煞拍之所谓"秋水隔婵娟"有关，也可能实有所指，因瓢泉别墅有观（或堂）名"秋水"。

赵氏原词作于七月望日（农历十五）。此词作于八月十四日。时作者正卧病博山寺中。此词为答谢之作，乃对原词之回应。据"有客"、"云遇"推测，赵氏原词之所谓叙事，当以游天形式进行敷衍陈列。所以，此词亦仿效太白之梦游天姥，应友人之邀，也来次梦游。同样通过梦游以抒写怀抱、表达对于友人的思念之情。

开篇谓"我志在寥阔，畴昔梦登天"，当针对原词而说。但只说我方，并限于"畴昔"，这是从前之梦。三、四两句说梦中情境，说明自己也是一位喜欢探测宇宙奥秘的人。对于这次梦游，以上所说，属于梦前之梦。"有客"以下所写，才为今日之梦，这是与古人同游之梦。有关内容，着重照应原词，以客为主，而"我"则作为陪伴。实际上所谓上高寒、酌北斗，与古人同欢，"我"皆参与其中。这是上片，以布景形式展现梦中天体之辽阔与高远。

下片接着说今日梦之情景，谓低声唱歌，尽情遨游，直至于神与形分离；并谓一举、再举，有如鸿鹄一般，于极高远极高远之处，往下看纡曲山川及天地方圆——此时此刻，似已达到超越自我、超越天地之境界，这是今日之梦的最高境界。梦游至此，则突然煞住。而后说梦觉，谓惘惘然独自思索，仍弄不清楚人间事为何总是不能完全。即使有娟娟美人可以共语，却又为漫漫秋水所阻隔，无法如愿。这是下片，以叙事形式，由梦境中事，说到人世间事，说到美人，以表示对于友人的思念。

总之，因其心志寥阔，情谊深长，使得答谢之作显得真挚、恳切，而非一般应酬文字所可比拟。这是作者所谓如火肝肠的一种体现形式，值得细加体味。

西 江 月

遣　　兴

醉里且贪欢笑，要愁那得工夫。近来始觉古人书。信著全无是处①。　　昨夜松边醉倒，问松我醉何如。只疑松动要来扶。以手推松曰去②。

① 近来二句：《孟子·尽心下》："尽信书则不如无书。"
② 以手句：《汉书·龚胜传》："博士夏侯常见胜应禄不和，起至胜前，谓曰：'宜如奏所言。'胜以手推常曰：'去！'"

这首词作年未能确考。邓广铭《稼轩词编年笺注》依广信书院本编列次第，将之定为庆元中作。蔡义江、蔡国黄《稼轩长短句编年》将之编入宋宁宗庆元三年至嘉泰二年（1197—1202）。二说供参考。

这首词写醉态，颇见动意，颇能体现作者的精神面貌。

南归后，辛弃疾得不到信任，满腹牢骚无处发泄，和其他知识分子一样，他时常借酒消愁，或借歌词为陶写之具，以发抒其怨恨情绪。这首词写醉酒，似乎将一切都看透了。不必担忧发愁，也不必相信书本上所说的，包括圣贤在书本上所宣扬的一套大道理。现实社会中可担忧的事实在太多了，要愁也没得功夫愁，而且古人

(包括圣人)书中所讲的话,在现实中已行不通,根本不必计较其讲得可信不可信。于是,还是在沉醉之中求得一时的快活,尽情地欢笑。表面上看,作者对待现实的态度似乎很消极,实际不然。辛弃疾与苏轼不同,苏轼在现实生活中受到挫折,所采取的态度是:"畏蛇不下榻,睡足吾何求。"辛弃疾则不同,他喝醉了,还像要跟人打架似的,"以手推松曰去"!他还要继续投入战斗。他以酒遣兴,完全出于对现实的不满。因此,这首词写醉态,乃是醉酒的狂态,问松,疑松,推松,显得十分逼真,充分体现了作者倔强兀傲的精神。

浣 溪 沙

父老争言雨水匀。眉头不似去年颦。殷勤谢却甑中尘①。　　啼鸟有时能劝客,小桃无赖已撩人。梨花也作白头新。

---

① 甑中尘:谓无米下炊,甑中积满尘土。《后汉书·独行传》:

"闾里歌之曰:'甑中生尘范史云,釜中生鱼范莱芜。'"甑,瓦制炊具,可用以蒸饭。

这首词作于宋宁宗庆元六年(1200),在瓢泉。时年六十一。

这是第二次被罢官、闲居瓢泉时所写词章,谓雨水调匀,苗稼丰茂,父老乡亲,殷勤劝客。这当是实际情形,也是词章所写内容。

就材料分配与组合看,上下片所写乃有所不同。即上片写事相(社会人事)——父老们争着说今年田家情形,一个个都不再像去年那样,紧锁着眉头,而是高高兴兴准备甑来蒸饭;下片写物象(自然景象)——啼鸟帮助劝客,小桃故意逗人,梨花焕然一新。

事相中,"争言"与"不似"并列,主要写人物的语言及表情。"争言",争先相告。这是针对客人而争的。"不似",将今年与去年相比。这是客人对父老的印象。两相并列,互相对照,突出前后变化。而"谢却"则为人物行动,这是雨水调匀、苗稼丰茂的直接效果。

物象中,啼鸟、小桃、梨花,皆以拟人化形象出现。"劝客"与"撩人"为一并列对句,主要写姿态,让人感觉得到其声音之婉转及颜色之娇媚,两者都足以移人,令其乐而忘返。末句"也作"同样写姿态,但又有所区别。前者有声有色,热烈主动;后者不言不语,顺其自然。所以,有学者以为前者所用口吻,犹如杜甫晚年所写绝句之以亲昵语气恼花责柳,后者则为老年人心目中语(徐北文、石万鹏《二安词选》,济南出版社,1994 年)。我看有一定道理。

上下片所写事相与物象互相映衬,共同营造出一种和乐、喜悦的气氛,甚可感人。此所谓实际情形,或者即为辛氏农庄之实际情形,或者辛氏心中之理想,无论如何,此乃十分美好之情形,值得称颂。

归 朝 欢[①]

题赵晋臣敷文积翠岩

我笑共工缘底怒。触断峨峨天一柱。补

天又笑女娲忙，却将此石投闲处^②。野烟荒草路。先生拄杖来看汝。倚苍苔，摩挲试问，千古几风雨。　　　长被儿童敲火苦。时有牛羊磨角去^③。霍然千丈翠岩屏，锵然一滴甘泉乳。结亭三四五。会相暖热携歌舞。细思量，古来寒士，不遇有时遇。

① 归朝欢：宋人创调。见柳永《乐章集》。又名《菖蒲绿》、《归田欢》。

② 我笑四句：《史记·补三皇本纪》载："女娲氏末年，诸侯有共工氏，与祝融战，不胜而怒，乃头触不周山崩，天柱折，地维缺，女娲乃炼五色石以补天，断鳌足以立四极，聚芦灰以止滔水，以济冀州。于是地平天成，不改旧物。"

③ 长被二句：韩愈《石鼓歌》："牧儿敲火牛砺角，谁复着手为摩挲。"

　　这首词作于宋宁宗庆元六年（1200），在瓢泉。时年六十一。

这首词标明："题赵晋臣敷文积翠岩。"赵不迁字晋臣，宋高宗绍兴二十四年(1154)进士，中奉大夫，直敷文阁学士。曾创书楼于上饶，吟咏自适。词作突破一般作法常规，将上下片打成一片，以赋体铺叙的形式，陈述此石由不遇到遇的全过程。词作从遥远的传说故事讲起，谓此石原是"补天"之石，但却没派上用场，投闲野烟荒草，历尽千古风雨。几经摩挲，几经敲打，几经角砺。突然间，因为赵晋臣在此"结亭三四五"，此石也就派上了用场。最后"细思量"，才点明此乃以石写人。石被抛荒，喻寒士不遇；石被用来造亭，喻寒士得遇。至此，全词作意则甚了然。然而，抛荒的石头终有用时，而作者，虽有补天之才，却不得其用。词作开头用了两个"笑"字，一笑共工，二笑女娲，说的是传说中的故事，实际上却与社会人生有关，其中似隐含着对于寒士不遇的无穷愤慨。因此，作者的不平之鸣虽未曾直接说出，但终于曲折地表现出来了。

鹧 鸪 天

有客慨然谈功名,因追念少年时事,戏作

壮岁旌旗拥万夫①。锦襜突骑渡江初②。
燕兵夜捉银胡觮③,汉箭朝飞金仆姑④。
追往事,叹今吾。春风不染白髭须。却将万字
平戎策⑤,换得东家种树书⑥。

① 壮岁句:辛弃疾《美芹十论》:"臣尝鸠众二千,隶耿京,为
 掌书记,与图恢复,共籍兵二十五万,纳款于朝。"

② 锦襜:衣蔽前曰襜。原指系于胸前之围裙,此泛指锦衣。
 突骑:精锐的骑兵。

③ 燕兵:指北方籍义军,亦指金兵。银胡觮:银色或镶银之
 箭袋。《集韵》:"胡籙,箭室。"籙同觮。

④ 金仆姑:箭名。《左传·庄公十一年》:"公以金仆姑射南
 宫长万。"

⑤ 平戎策:平定入侵者之策略。此指《美芹十论》及《九
 议》等。

⑥ 种树书:《史记·秦始皇本纪》:"所不去者,医药、卜筮、种树之书。"

这首词作年无可考。邓广铭《稼轩词编年笺注》以为与《行香子》("少日尝闻")意境甚相近,故一并编入"瓢泉之什"。蔡义江、蔡国黄《稼轩长短句编年》以为"慨然谈功名"或与作者于庆元四年恢复集英殿修撰冲佑祠官事有关,因定为宋宁宗庆元三至五年(1197—1199)作,在瓢泉。

词章调下云"有客慨然谈功名,因追念少年时事,戏作",既可看作词题,也可当小序。

从字面上看,来客所谈,对于罢职归隐——完全丧失功名,正被闲置的作者来说,显然是很不合时宜的。因为作者早有功名,是一位可以发挥大作用的大人物,而今没有机会,"一腔忠愤,无处发泄",这正触动其痛处。但是,作者仍然以极其轻松的笔调戏作,加以回应。即借助来客谈话题目,发泄其一腔忠愤。

上片写少年时事,谓旌旗簇拥,万夫追随,锦襜突骑,渡江而来。并且集中描绘一次袭击金营的战役,以显示所率兵众的斗志及杀伤力,气势及场面颇能体现其英雄本色。

"追往事,叹今吾"。承上启下,为过片。即由对于少年时功名的回忆(追念),转入对于现实的揭示。谓而今老矣,浩荡春风无法将白胡子染青,过去的事已一去不复返。并且将以往做过的一件大事——晋奏万字平戎策,与眼下所做小事——"管竹管山管水"(《西江月》)互相对照,以显示其可悲下场。心境及处境,颇能体现其不满情绪。

上下片所写,或者龙腾虎跃,所向无敌,令人欢欣鼓舞,或者郁屈不伸,无可奈何,令人难以容忍。这是两种不同遭遇,但却落在同一人身上;即将两种互相对立的事相,构成一个共同体。这实在有点滑稽,但作为游戏,作者的真意自寓其中。

卜 算 子①

漫兴三首(其三)

千古李将军,夺得胡儿马②。李蔡为人在下中③,却是封侯者。　　芸草去陈根④,笕竹添新瓦⑤。万一朝家举力田⑥,舍我其谁也⑦。

① 卜算子:北宋创调。又名《卜算子令》、《缺月挂疏桐》、《百尺楼》、《黄鹤洞中仙》、《楚天谣》、《眉峰碧》等。

② 千古二句:西汉名将李广。一次出雁门击匈奴,寡不敌众,被俘。时广伤病躺网上。行十余里,广见旁边有胡儿骑一好马,即腾而上,推其下马,南驰数十里,将余部重新聚集起来(见《史记·李将军列传》)。

③ 李蔡:广之堂弟。"蔡为人在下中,名声出广下甚远,然广不得爵邑,官不过九卿,而蔡为列侯,位于三公"(同上)。

④ 芸草:耘草。

⑤ 笕竹:此指剖竹去节,当陶瓦使用。

⑥ 朝家:朝廷。力田:致力农耕。《战国策·秦策五》:"今力

田疾作，不得暖衣余食。"

⑦ 舍我句：《孟子·公孙丑下》："如欲治平天下，当今之世，舍我其谁也。"

　　这首词作年未可确考。邓广铭《稼轩词编年笺注》将之与若干为赵晋臣而作的篇章编入"瓢泉之什"。蔡义江、蔡国黄《稼轩长短句编年》以为宋宁宗庆元六年（1200）在瓢泉作，时六十一。二说相近，可供参考。

　　这首词在瓢泉作，乃以说古道今的方式抒写感慨，是一首发牢骚的词，即对其被闲置的处境表示不满。

　　上片说古，将李广与李蔡事迹加以对比，谓李广英名盖世，屡建战功，即使被俘，也要将敌军坐骑（胡儿马）夺回，重振军威；但是接受封侯者却并非李广，而是"名声出广下甚远"、人品居下中等之李蔡。这是古时之不平事。

　　下片道今，主要说自身故事，谓耘田除杂草，剖竹修茅屋，似乎已经练出了工夫。因为在瓢泉置闲，已是第二次罢职以后的事。第一次罢职，置闲带湖，从四十三至五十二岁,计十年时间;第二次罢职,置闲瓢泉,从五十七至六十四岁,计八年时间。作这首词时,六十一岁。其所谓"躬耕"学稼生涯,已经历许多岁月,所以对于农家事务——耘田、修屋,自然不落人后。这是自身故事。接着,由自身推向整个国家,谓有朝一日,如果朝廷举荐力田,那么首选一定是自己。这是今时之事,似乎并无不平。

上下所写,合而观之,似可得出这么一个结论:古时不平事之产生,乃国家重庸才不重人才的结果;今时人才沦为一般力田者,即国家苟且偷安、不图进取(恢复)的结果。二者都是病态社会的一种怪事。作者将其罗列出来,并以孟子的话将其与治国平天下之大事联系在一起,便更加显得滑稽与无奈。这大概就是词章所要表达的意思。

粉　蝶　儿①

和赵晋臣敷文赋落梅②

昨日春如十三女儿学绣③。一枝枝、不教

花瘦。甚无情、便下得、雨僝风僽④。向园林、
铺作地衣红绉。　　而今春似轻薄荡子难久。
记前时、送春归后。把春波、都酿作、一江醇
酎⑤。约清愁、杨柳岸边相候。

① 粉蝶儿：宋人创调。见毛滂《东堂词》。

② 赵晋臣：赵不迁，字晋臣，江西铅山人。曾为直敷文阁学
　士，故称敷文。庆元五年以漕官兼江西南昌府事。六年，
　罢职归铅山。

③ 十三女儿：杜牧《赠别二首》："娉娉袅袅十三余，豆蔻梢头
　二月初。"

④ 雨僝风僽：黄庭坚《宴桃源》："天气把人僝僽，落絮游丝时
　候。"僝、僽，折磨、摆布。

⑤ 醇酎：酒名。重酿之醇酒。刘歆《西京杂记》："汉制，宗庙
　八月饮酎。……以正月旦作酒，八月成，名曰酎。一曰九
　酝，一名醇酎。"

　　这首词作年无可确考。邓广铭《稼轩词编年笺注》

（增订本）依广信书院本之次第，将之附于《新荷叶》（"物盛还衰"）之后，以为可能作于宋宁宗庆元六年（1200）之后。蔡义江、蔡国黄《稼轩长短句编年》据赵晋臣宦迹推测，将之定于庆元六年，在瓢泉，年六十一。二说可供参考。

　　这首词为和作，乃寓居铅山期思别墅——瓢泉，与友人赵晋臣唱和之作。赵晋臣于宋宁宗庆元五年（1199）以漕官兼江西南昌府事。六年，罢职归铅山。赵氏罢归之初，作者与之即有唱和之作。据邓广铭《稼轩词编年笺注》所辑，除作年可考之《新荷叶》（"物盛还衰"）外，尚有作年未可确考者二十五首。此为其中一首。

　　此词明确题称"赋落梅"（四卷本丙集作"和晋臣赋落花"），可知乃一首咏物词。今之论者大多只看字面，比如"昨日春"与"今春"等，便将其当作一首说春天的词，似不甚恰切。其实，此词说春天，乃将其当作花开、花落之背景，花之本身，才是词章的歌咏对象。

　　上片说"昨日春"，谓其"如十三女儿学绣"，并非为着说春，而乃为着说其"一枝枝、不教花瘦"。这是梅花未落时之景象，亦即昨日春之杰作。但是，突然间遭到无情风雨的摧残，满园春色，便铺作一地落红。这是梅花已落时之景象，亦即昨日春之另一杰作。未落、已落，都为阐发词题。这是上片，用意十分明显。

下片说"今春"，谓其"似轻薄荡子难久"，颇带责怪之意。与"昨日春"相比，显然不那么多情多义。但是，无论多情多义之昨日之春，或者薄情薄义之今日之春，都并非词章主要歌咏对象。所以，词章之笔锋一转，紧接着便说前时情事，即昨日送春归后之情事，亦即由对于落花的正面描写，转入对于落花的追悼。例如把一江落花都酿作一江醇酒，与清愁相约，在杨柳岸边相候。既为落花而伤感，又带着希望等候花的消息。伤感、等候，同样也为着阐发词题。这是下片，用意亦十分明显。

卓人月、徐士俊评此词曰："雅淡宜人，绝非红紫队中物。"（《古今词统》卷一一）将其当咏物词看待，甚是。

贺 新 郎①

邑中园亭，仆皆为赋此词。一日，独坐停云②，水声山色，竞来相娱，意溪山欲援例者，遂作数语，庶几仿佛渊明思亲友之意云③。

甚矣吾衰矣。恨平生、交游零落，只今余几④。白发空垂三千丈⑤，一笑人间万事。问何物，能令公喜⑥。我见青山多妩媚，料青山、见我应如是⑦。情与貌，略相似。　　一尊搔首东窗里。想渊明、停云诗就，此时风味⑧。江左沉酣求名者，岂识浊醪妙理⑨。回首叫，云飞风起⑩。不恨古人吾不见⑪，恨古人、不见吾狂耳。知我者，二三子。

① 贺新郎：宋人创调。又名《乳燕飞》、《风敲竹》、《金缕歌》、《金缕曲》、《金缕词》、《金缕衣》、《雪月江山夜》、《貂裘换酒》、《贺新凉》。

② 停云：停云堂，在瓢泉别墅。

③ 思亲友：陶潜《停云》诗序："停云，思亲友也。"

④ 甚矣三句：《论语·述而》："子曰：'甚矣吾衰矣。久矣吾
不复梦见周公。'"

⑤ 白发句：用李白《秋浦歌》"白发三千丈，缘愁似个长"句。

⑥ 能令公喜：语出《世说新语·宠礼篇》："王恂、郗超并有奇
才，为大司马所眷拔……于时荆州为之语曰：'髯参军，短
主簿，能令公喜，能令公怒。'"

⑦ 我见二句：《新唐书·魏徵传》："帝曰：'人言徵举动疏慢，
我但见其妩媚耳。'"妩媚，神情、形貌美好端正。

⑧ 一尊三句：语出陶潜《停云》诗："静寄东轩，春醪独抚。良
朋悠邈，搔首延伫。"又："有酒有酒，闲饮东窗。愿言怀人，
舟车靡从。"

⑨ 江左二句：江左，江东。原指江苏南部一带，此指南朝之东
晋。沉酣求名，苏轼《和陶渊明饮酒》："江左风流人，醉中
亦求名。渊明独清真，谈笑得此生。"浊醪妙理，谓酒中真
趣。杜甫《晦日寻崔戢李封》："浊醪有妙理，庶用慰沉浮。"

⑩ 云飞风起：汉高祖（刘邦）《大风歌》："大风起兮云飞扬，威
加海内兮归故乡，安得猛士兮守四方。"

⑪ 不恨句：语出《南史·张融传》："融常叹云：'不恨我不见

古人，所恨古人不见我。'"

这首词作于宋宁宗嘉泰元年（1201）春，在瓢泉。
时年六十二。

这是稼轩的得意之作。据岳珂《桯史》（卷三）记
载："稼轩以词名，每燕必命侍妓歌其所作。特好歌《贺
新郎》一词，自诵其警句曰：'我见青山多妩媚，料青山、
见我应如是。'又曰：'不恨古人吾不见，恨古人、不见吾
狂耳。'每至此，辄拊髀自笑，顾问坐客何如，皆叹誉如
出一口。"可见这首词在当时的士大夫阶层也已获得一
定的轰动效应。就其思想内容看，主要在于发泄对于现
实处境的不满情绪，即"吾道不行"，知己无多，唯青山
似合。现实社会中是找不到知心朋友的。因为统治者
都像南朝求名者那样不足与谋，不是知己。这是一层烦
恼。不仅如此，他还认为现实中既无知己，连古人也不
能理解自己这样的人。这是又一层烦恼。上下警句道
出了作者的心里话。这是恶劣的社会政治环境所造成
的，不吐不快。作者之所以特好歌此词，尤其喜欢其警

句,其原因即在于此。

西 江 月

示儿曹①,以家事付之。

万事云烟忽过②,百年蒲柳先衰③。而今何事最相宜。宜醉宜游宜睡。　　早趁催科了纳④,更量出入收支。乃翁依旧管些儿。管竹管山管水。

① 儿曹:儿辈。《后汉书·耿弇传》:"光武笑曰:'小儿曹乃有大意哉。'"

② 云烟:苏轼《宝绘堂记》:"譬之烟云之过眼,百鸟之感耳,岂不欣然接之,去而不复念也。"

③ 蒲柳先衰:《世说新语·言语篇》:"顾悦与简文同年而发早白,简文曰:'卿何以先白?'对曰:'蒲柳之姿,望秋而落;松柏之质,经霜弥茂。'"

④ 催科:催收租税。了纳:完成交纳。

邓广铭《稼轩词编年笺注》谓此词作年无可考，然既云"以家事付儿曹"，自当在诸子多已成年之后，姑编入瓢泉诸作中。蔡义江、蔡国黄宋宁宗以为作于嘉泰元年至三年（1201—1203），在瓢泉。二说相近，可参考。

这首词以谈家常的形式抒写感慨，颇饶意趣。上片着重说一个"宜"字，谓人生万事犹如云烟过眼，百年蒲柳必定早早枯衰。这说的是一般情况，也是个别情况。谁也无法抗拒此自然规律。于是接着集中突出"宜"字，以为事到而今，最适宜饮酒、玩乐和沉睡，态度似乎十分消极。

下片着重说一个"管"字，谓家中之诸般大事，比如催租缴粮以及计划开支等等，现在都交付儿辈。这是词题所要说的事情，说明对于家事将不管，这大概也是上述所谓自然规律都决定的。但是说不管，又依旧要管，除了管竹、管山，还要管水，态度又似乎并不那么消极。

全词所写，如果与其所处生活环境联系在一起看，即与其胸怀大志而又被闲置的处境联系在一起看，则其所谓"最相宜"以及"依旧管些儿"，可能都是反话。即那是最不相宜，而最不愿意依旧管那么一些儿——无关紧要的一些儿。说的是家事，却包含着国事。其壮志未酬之感慨及无可奈何之情绪十分沉重，但是这一切都以十分轻松的形式加以表现。这就是辛弃疾的特殊本领。

鹧 鸪 天

石门道中[①]

山上飞泉万斛珠。悬崖千丈落鼪鼯[②]。已通樵径行还碍，似有人声听却无。　　间略彴[③]，远浮屠[④]。溪南修竹有茅庐。莫嫌杖履频来往，此地偏宜着老夫。

① 石门：铅山女城山蕊云洞之洞口。

② 鼪鼯：鼪，鼬属，即黄鼬（黄鼠狼）。鼯，鼠属，即飞鼠。

③ 略彴：小木桥。陆游《怀归》：“溅溅石渠水，来往一略彴。”

④ 浮屠：佛塔。苏轼《同王胜之游蒋山》：“略彴横秋水，浮屠插暮烟。”

　　这首词作年无法确考。邓广铭《稼轩词编年笺注》依其中所见地名(石门)将之归入"瓢泉之什",以为作于铅山期内。蔡义江、蔡国黄《稼轩长短句编年》从梁启超《辛稼轩先生年谱》将之定为宋孝宗淳熙十五年至宋光宗绍熙二年(1188—1191),在带湖作。二说供参考。

　　词章调下题称"石门道中",说明乃一首纪游词,即出游石门所见所感之所记录。

　　石门,铅山女城山蕊云洞之洞口。据载,"有飞瀑临其前洞之口,如门者三"。词章首二句,写的就是这一景观。其中飞泉之如万斛珍珠,从山上奔泻而出,乃进一步将其形象化。而鼪鼯于千丈悬崖被惊落,则进一步突显其气势。"落",当为惊落解。杜诗"转石惊魑魅,抨弓落狖鼯"(《自阆州领妻子却赴蜀山行》)可为例证。解作跳落或落脚,均未妥。这里写的是飞瀑奇景,乃石门之一重要景观。但是作者并非就此驻足不前,而是继续深入寻访。三、四两句谓樵径已通,但行进艰难;好像有人声,但仔细听听又听不到,说明此乃人迹罕至之处。这是上片，所写主要为出游道中所见之自然物象。

下片由物象转入事相。"间略彴，远浮屠"，承上启下，即由小木桥，将物象与事相连接在一起，谓溪南竹林深处有一椽小茅庐，溪上一座小木桥，而远处则有佛塔（浮屠）。这些乃继续寻访之所见，几种事物围绕着小茅庐。这是一处重要人文景观。与石门之飞瀑奇景相比，对于作者来说，无疑更加具有吸引力量。所以煞拍说所感，谓不可嫌弃我竹杖草履，常常来往，这里才是真正归宿。这是下片，所写主要为出游道中所见社会事相。

当然，上片所写自然物象与下片所写社会事相，是分不开的。也就是说，正因为有此奇异之自然物象，其中小茅庐对于作者才有此巨大的吸引力。这当是作者当时寻访到此所产生的实在心境。

生　查　子①

题京口郡治尘表亭②

悠悠万世功，矻矻当年苦③。鱼自入深渊，

人自居平土。　　红日又西沉,白浪长东去。
不是望金山④,我自思量禹。

① 生查子:唐教坊曲名。调见《尊前集》。又名《陌上郎》、
《梅溪渡》、《晴色入青山》等。

② 尘表亭:京口府郡官署所在地亭名,为郡衙僚吏公余休憩
之所。亭名有高出尘表或超尘出世之义。

③ 矻矻:用心劳苦貌。

④ 金山:在镇江上。《舆地纪胜》卷七:"金山,在江中,去城
七里。旧名浮玉,唐李锜镇润州,表名金山。因裴头陀开
山得金,故名。"

　　这首词作于宋宁宗开禧元年(1205),在京口。时
知镇江府,年六十六。

　　宋高宗绍兴三十一年(1161),二十二岁的辛弃疾
于山东济南率众起义,组织抗金活动,紧接着投奔宋廷,
曾一再筹谋划策,促进抗金,并曾于自己职权范围之内,
积极进行准备工作,希望完成恢复大业。但是,这一位

有理想、有才干的人物，却一再遭嫉妒，受排斥。四十年间，或被闲置，或被派往州郡，担任无关紧要的官职。直至宋宁宗嘉泰三年（1203），朝中当权者韩侂胄为利用其声誉，六十四岁的他才被起用为浙江东路安抚使，并于第二年被皇帝召见，而改命镇江知府。这当是一个比较有分量的官职。所谓英雄老去，机会方来，此刻辛弃疾究竟有何感想，其于京口所作《生查子》，也许可提供答案。

这是辛弃疾于镇江知府任上所写一首言志词。借历史上的大禹治服洪水让百姓安居乐业这一故事，抒写自己的怀抱。

上片说大禹治水故事，先用一并列对句说其功之不朽及立功之艰难，再用另一并列对句说结果，即治水所造成的功德。悠悠，表长久。矻矻，状艰辛。功与苦对举，说明治水成果来之不易。正如《史记·夏本纪》所载，"禹伤先人父鲧之功不成受诛，乃劳心焦思，居外十三年，过家门不敢入"，此万世功业之流传至今，完全是当年大禹，终日矻矻，劳筋苦骨所换来的。而鱼与人之各得其所,即为治水的直接成果。《孟子·滕文公下》云:"禹掘地而注之海,驱蛇龙而放之菹。"又云:"险阻既远,鸟兽之害人者消,然后人得平土而居之。"便是对此成果亦即治水功德之具体描述。

下片抒写怀抱,先用一并列对句将时间与空间的界限打通,令古与今连接在一起,再用一否定、肯定句式说观感,直接表明其价值取向。其中升起的红日又一次从西天沉下,滔滔白浪还是照样向东奔流而去。时间的推移,空间的延展,既将古与今的距离拉开,又将古与今的距离缩短。因为此红日与白浪,当年已有,乃历史见证。红日与白浪,无数次升与沉,不停地流动,既将人们带到遥远的过去,又将人们推向遥远的未来。而作者之作为词章之抒情主人公,此时此刻,其所面临的究竟是什么呢?是金山?不错。金山就在江中,去城七里。作者于京口之尘表亭休憩,正好可与之相对。这是眼前实景,亦即本地风光。然而,作者却加以否定,曰"不是望金山"。那么,其所望又是什么呢?作者肯定回答:"我自思量禹。"这说明其所面临的,乃历史以及历史上的人物。于是，如将上下片所写加以对照，上文所说答案也就很明确了，即"我自思量禹"，既想自己当大禹，为国家、民族建立功业，又希望有人当大禹，为历史再创奇勋。

以小歌词表现大题材，抒发大感慨，这是词史所少有的，值得注视。

南 乡 子①

登京口北固亭有怀②

何处望神州③。满眼风光北固楼。千古兴亡多少事，悠悠④。不尽长江滚滚流。　　年少万兜鍪⑤。坐断东南战未休⑥。天下英雄谁敌手，曹刘。生子当如孙仲谋。

① 南乡子：唐教坊曲名。因多用以歌咏南国水乡风物，故名。
② 京口：今镇江。《元和郡县志》："孙权自吴徙治丹徒，号曰京城。后徙建业，于此置京口镇。"北固亭：在镇江北部北

固山上，下临长江，又名北固楼。

③ 神州：中国的别称。此指中原沦陷区。

④ 悠悠：兼指时间久长及空间广阔。

⑤ 兜鍪：古代兵士的头盔，此借指士兵。

⑥ 坐断：占领着、占住。

这首词作于宋宁宗嘉泰四年（1204），在京口知府任上。时年六十五。

这首词作于京口。京口原名丹徒，在今江苏省镇江市，三国时代孙权曾建都于此。北固亭亦称北固楼，在镇江北面、长江边的北固山上，南宋时隔江与金人所占领之扬州遥遥相对，为军事要塞。作者当年登楼眺望祖国河山，有感而发。

上片登楼远望，感叹兴亡，写的是作者在北固亭的所见所感。开头二句一问一答，显得很不寻常。登上楼台，展现"满眼风光"，这原是很自然的事，而作者的注意力却并不在此，所以起调即问："何处望神州?"意即登楼远望，只看到北固楼前的"满眼风光"，而故国神州在哪里呢？这一问一答，既写所见，又写所感，且以倒装方式说出，使得作者的心潮显得很不平静。这里说的是当前的现实：登楼远望，只见楼前风光，不见中原故土。但作者的思绪，却由现实的观感，升华到历史的透视。当看到眼前奔流不息的万里长江之时，作者似乎觉得古往今来兴也好，亡也好，都已成为历史的陈迹。所谓"千古兴亡多少事，悠悠。不尽长江滚滚流"，这就是说，社会人事的盛衰变迁，都是极短暂的，转瞬即逝，只有"长江水"才是永远流不尽的。这是一个方面的意思。另一方面，这三句也可能理解为：千百年来，所有兴亡成败，都已随着滚滚的长江流水，一去不复返。这也是作者登楼时的所见所感，与开头二句相比，是作更高一层的思考。由楼前的"满眼风光"，到梦想中的神州故国，由现实中的宋金对峙，到历史上的兴盛与衰亡，波澜起伏，体现了作者的满怀愁绪和一腔悲愤。这就是词作上片所包含的意思。

下片赞颂历史人物孙权，这是承接上片而来的。上片评说历史上的兴亡盛衰，表面上看似很通达，很超脱，实际上却是很注重现实的,所以作者才想起孙权。作者似乎以为眼前的宋金对峙局面,与三国时代孙权和曹魏对峙的局面颇有相似之处。但是作者又以为宋廷君主偏安江左,不能发奋图强,实现恢复大计,远远不及当年的孙权。下片首二句说孙权年少创业,占据东南一方,所向无敌。"年少"指孙权年轻有为。孙权继承哥哥孙策管治江东,为吴国皇帝,年仅十九。当时,他统率千军万马雄踞东南一带,不断与魏、蜀两国交战。三、四两句说,只有曹操和刘备才是孙权的对手。末句推崇孙权,暗讽南宋君主。这三句化用曹操的两段话,用得十分贴切。《三国志·蜀书·先主传》载曹操曾对刘备说:"今天下英雄,惟使君(刘备)与操耳。"又《三国志·吴书·吴主传》注引《吴历》称,有一次,曹操和孙权作战,见东吴舟船、器仗、军伍整肃,喟然叹曰:"生子当如孙仲谋,刘景升儿子(刘琮)若豚犬耳!"辛弃疾化用成语,使得孙权这位英雄人物显得更加威武高大。但是,辛氏说古完全为了论今,即为了与南宋小朝廷形成鲜明的对照,以产生巨大的讽刺效果。这是下片,虽集中描画孙权,却句句针对眼前现实，很能发人深省。

永　遇　乐①

京口北固亭怀古

千古江山，英雄无觅，孙仲谋处②。舞榭歌台，风流总被，雨打风吹去。斜阳草树，寻常巷陌，人道寄奴曾住③。想当年、金戈铁马④，气吞万里如虎。　　元嘉草草⑤，封狼居胥⑥，赢得仓皇北顾⑦。四十三年⑧，望中犹记，烽火扬州路。可堪回首，佛狸祠下⑨，一片神鸦社鼓⑩。凭谁问、廉颇老矣，尚能饭否⑪？

① 永遇乐：宋人创调。见柳永《乐章集》。又名《永遇乐慢》、《消息》。

② 孙仲谋：孙权（182—252）字仲谋，吴郡富春（今浙江富阳）人。东汉末，继其兄孙策据有江东六郡。建安十三年（208），联合刘备，大败曹操于赤壁。黄龙元年（220），称帝

于武昌(今湖北鄂州),国号吴。旋即迁都建业(今江苏南京),并即于丹徒县置京口镇。

③ 寄奴:南朝宋武帝刘裕字德舆,小字寄奴。自其高祖随晋渡江,即居于晋陵郡丹徒县之京口里。曾由此起事,平定桓玄叛乱,并率部北伐,代晋称帝,国号宋。

④ 金戈铁马:喻兵强马壮。李袭吉《谕梁书》:"毒手尊拳,交相于暮夜;金戈铁马,蹂践于明时。"

⑤ 元嘉:宋文帝(刘义隆)年号。草草:草率、马虎。此句谓其于元嘉二十七年(450)命王玄谟草率出兵北伐,失败而还。

⑥ 封狼居胥:《史记·霍去病传》载,元狩四年,上令大将军青,骠骑将军去病,将各五万骑,追击匈奴,至狼居胥,封山而还。狼居胥,一名狼山,在今内蒙古自治区西北部。

⑦ 仓皇北顾:谓北伐失败,被追击,仓皇而逃。一说逃回北固,此后梁武帝将北固亭改为北顾亭。一说文帝登烽火楼北望,有忏悔意。《宋书·索虏传》载宋文帝诗,有"北顾涕交流"句。

⑧ 四十三年:辛氏于宋高宗绍兴三十二年(1162)二十三岁率众南归,至宋宁宗开禧元年(1205)六十六岁出守京口,正

好四十三年。

⑨ 佛狸祠：后魏太武帝（拓跋焘）小字佛狸。击败王玄谟后，挥军直取长江北岸瓜步山（在江苏六合东南二十里），在山上建造行宫，即后来之所谓佛狸祠。

⑩ 神鸦：庙里争食祭品的乌鸦。社鼓：社日祭神鼓声。

⑪ 凭谁问二句：《史记·廉颇蔺相如列传》："赵王使使者视廉颇尚可用否，廉颇之仇郭开多与使者金，令毁之。赵使者既见廉颇，廉颇为之一饭斗米，肉十斤，被甲上马，以示尚可用。赵使还报王曰：'廉将军虽老，尚善饭，然与臣坐顷之，三遗矢矣。'赵王以为老，遂不召。"此作者用以自喻。

邓广铭《稼轩词编年笺注》定这首词作于宋宁宗开禧元年（1205）春，在镇江知府任上。时年六十六。蔡义江、蔡国黄《稼轩长短句编年》以为作于嘉泰四年（1204），供参考。

这首词杨慎以为"稼轩词中第一"（先著、程洪《词洁》卷五转引），其判断标准当是内容及才气。词章在这两个方面的表现，确实颇堪称道。

先说内容。词题称"京口北固亭怀古",所谓江山、人物,即为其所怀之古,亦即其歌咏对象。但词章所写,则侧重于人物,即与京口相关的三位历史人物——孙权、刘裕及刘义隆。

三位历史人物的事迹,以铺排叙述的方法加以罗列。上片前六句谓江山依旧,人物俱非。曾经为吴大帝孙权据以称霸江东之地,而今就在眼前,但孙权一般英雄人物,已是无处寻觅。而且孙权当时之舞榭歌台,包括其流风余韵,也已被风雨吹打去。这是对于孙仲谋事迹的缅怀及赞颂。后五句谓"寻常陌巷",不寻常业迹。宋武帝刘裕寄奴早年曾住于此,又于此起事,据以扫荡河、洛,受禅立国。眼前尽管只剩下"斜阳草树",而其业迹及其"金戈铁马,气吞万里如虎"之英雄气概,却千古长存。这是对于刘寄奴事迹的缅怀及赞颂。孙仲谋及刘寄奴,皆为历史上的"英主",其成功经验,值得效法。这是上片所写内容。下片之过片,换头未换意,接着写第三位人物——宋文帝刘义隆事迹,谓"元嘉草草",尽管幻想"封狼居胥",却"赢得仓皇北顾"。这是元嘉二十七年(450)事。当年刘义隆偏信王玄谟陈说,顿生封狼居胥之意,即命王氏草率出兵北伐,结果以失败告终。这是历史上的昏君与奸臣,其失败教训宜当记取。于是中间六句由古及今,着重写现实情事,谓四十三年来,望中犹记,扬州路上烽火。说的是自身故事,表示南归之后,时时记住恢复之事。以为"投志经年,烽火依然"(黄兆汉、司徒秀英《宋十大家词选》),恐误,因议和之后,已无烽火。并谓"佛狸祠下,一片神鸦社鼓",这是眼前所见景象,表示人们对于恢复之事,已渐淡忘。六句所写一正一反,突出作者心中忧虑。最后以廉颇自喻,谓朝廷已将自己忘记——忆昔抚今,不堪回首。这是下片所写内容。

上下片内容合在一起看,说明作者所写历史人物,所说有关历史故事,都是为了今天。即在于表彰英雄业迹,激励斗志,并且警告当权者,吸取历史教训,没有充分的准备,切不可草率兴兵。词章所包含的意义十分重大。这当是所以堪称第一的一个重要依据。

再说才气。这主要是指对于内容的驾驭,亦即所谓善使事。也就是说,全词从头到尾都使事,究竟如何安排,或调遣,使之为我所用,融合成一完美艺术形象。这就是才气的体现。

第一,从整体上看,作者善使事,主要依靠行气,或运气。这是一种浩然之气,或英雄之气。具体地说,就是歌咏历史人物,不仅注重切合本地风光,而且尤其注重将自己的身世之感打拼入内。说历史人物,寄寓怀抱,例如"坐断江南战未休"之吴大帝孙权以及"气吞万里如虎"之宋武帝刘裕,二位历史人物身上,都有作者的影子,都寄寓着作者的理想和愿望。而另一位历史人物——宋文帝刘义隆,乃现实中另一类人物之写照,后反面提出警告,同样寄寓着作者的理想和愿望。这就是气的运行与贯穿。

第二,从作法上看,作者善使事,主要依靠安排,或调遣。这是一种指挥千军万马的才干与气魄。具体地说,就是能够站在统帅的角度,即历史制高点,对于古今人物包括各种大小事件,进行历史的把握与判断。因而其安排或调遣亦即构成另一新的阵容。例如,上片写孙权与刘裕,二者皆"英主",而对其安排调遣方法则有所不同。周济指出:"有英主则可隆中兴,此是正说。英主必起于草泽,此是反说。"(《宋四家词选》)这可能就是一种历史的把握与判断。而下片之借古喻今,所谓"继世图功,前如此"(周济语,同上),同样是一种历史的把握与判断。这就是所谓才干与气魄。

因而,由于善使事,此词不仅"一气流贯,笔不得过"(程洪、先著《词洁》卷五),而且"句句有金石声",具有无穷"神力"(陈廷焯《云韶集》卷五)。这大概就是此词所以被推为"第一"的一个重要原因。

玉 楼 春①

乙丑京口奉祠西归②,将至仙人矶③

江头一带斜阳树。总是六朝人住处。悠悠兴废不关心,惟有沙洲双白鹭。 仙人矶下多风雨。好卸征帆留不住。直须抖擞尽尘埃,却趁新凉秋水去。

① 玉楼春：唐教坊曲。又名《木兰花》、《玉楼春令》、《惜春容》、《西湖曲》、《满朝欢令》、《归朝欢令》。

② 奉祠西归：《宋会要·职官·黜降官（十一）》载："开禧元年三月二日，宝谟阁待制知镇江府辛弃疾降两官，以通直郎张英不法，弃疾坐缪举之责也。"又载："夏六月改知隆兴府，旋以言者论列，与宫观。"谓其坐缪举（错误举荐），受降两官处分，后又被罢官，到宫观挂空名，支取俸禄，所指当就是奉祠西归这回事。

③ 仙人矶：南京西南长江中之一小岛。在江宁县境内，为镇江往江西之必经之地。

　　这首词作于宋宁宗开禧元年（1205），在京口。时年六十六。

　　写这首词时，作者第三次被罢官。所谓奉祠，指拜奉宫观官衔，无实职，只是支取俸禄。宋代五品以上官员，被免职或退休，多享有此空衔。其时作者由京口西行，将至仙人矶，即写下此词。

　　上片说兴废，下片说进退，用以表现其对于社会人生及自身遭遇的态度及去取。

说兴废,乃从整个历史发展着眼。但并非从头说到尾,而仅就眼前所见物景——江头一带之斜阳草树,加以感发联想。即谓大江入海处,原来是六朝人聚居处所,兴盛繁华,其景象前人多所记载。但如今,这一带却只剩下清冷的斜阳与草树,败坏衰落,其景象实在不堪入目。这是首二句所写,以六朝兴废代表历史兴废。那么,对于历史上无数兴与废,究竟应当采取什么态度呢?三、四两句所写,回答了这一问题,即两种态度:关心与不关心,并谓只有沙洲白鹭,才能做到不关心。因此,作者的态度也就明白表现出来了:不能不关心。

而说进退,着眼于整个变化中的环境。谓仙人矶下多风多雨,形势险恶,想在此停留片刻已办不到。这既是征帆将至时之实际情况,又是作者此时所处险恶政治环境之写照。这是下片首二句所写,以自然环境影射人文环境。于是三、四两句即写自己的抉择及去取,以为此间既然难以容身,那就抖擞精神,趁早打回老家去,亦即趁着秋凉,返回隐居处所瓢泉之秋水堂。这就是作者于进退两难中所找到的归宿。

上下两片合而观之，可见作者最后抉择及去取，乃出于无奈。因为作者并非白鹭，其对于历史兴衰，包括社会人生一般成功与失败诸事相，态度乃十分执着，尤其是对于毕生所从事恢复大业之成功与失败，则更加拼尽心力投入。这就是说，并非不关心，而乃太关心。但是，到了最后客观环境不容许，留也留不住，而且心力交瘁，只好向白鹭学习。从并非白鹭到成为白鹭，这是十分悲惨的遭遇。这就是词章所传达的信息。

《中国古代文史经典读本》（文学类）书目